……あれ？
どうも、見たことのない形をした実が
一つ生っていた。
「……あべこべの木に、
おかしな実が生っているわ」
王都の外れの錬金術師
～ハズレ職業だったので、のんびりお店経営します～
6

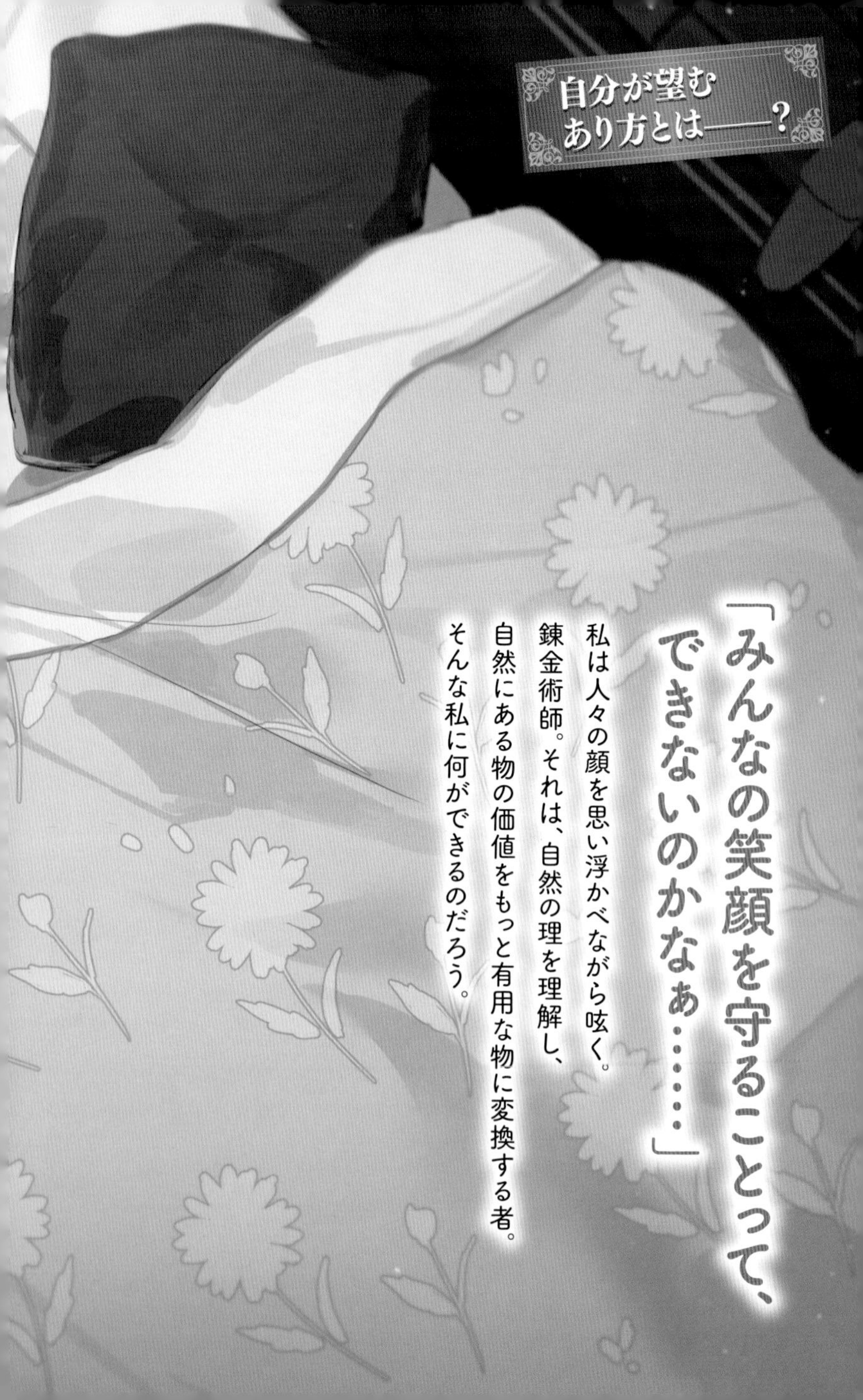
自分が望むあり方とは——？
「みんなの笑顔を守ることって、できないのかなぁ……」
私は人々の顔を思い浮かべながら呟く。
錬金術師。それは、自然の理を理解し、
自然にある物の価値をもっと有用な物に変換する者。
そんな私に何ができるのだろう。

みんなで
慰安旅行へ出発！
カチュア
ミイナ

王都の外れの錬金術師

〜ハズレ職業だったので、のんびりお店経営します〜

6

著＝yocco
イラスト＝純粋

The alchemist on the outskirts of King's Landing
Author:yocco Illustration:Junsui

口絵・イラスト
純粋

装丁
木村デザイン・ラボ

CONTENTS

第一章　アトリエの朝

私はデイジー。十三歳。

私は、ザルテンブルグの王都の外れで、錬金術のアトリエのオーナーをしているの。

私のアトリエの特徴は、自ら畑を持って素材を栽培していること。ときには素材を採取するために冒険にも出る。

ちなみに、私のアトリエには錬金工房とパン工房が併設されている。

「ねえ、マーカス。今日の調合の量はこれくらいで良かったかしら？」

錬金工房には、私の他にマーカスという頼もしい錬金術師で、私の助手の男の子がいる。私より一つ年上。

「はい。軍に納品する分に、店舗分。十分足りるかと」

マーカスが本数を数えて答えてくれた。

「じゃあ、この瓶を保管庫に移動しておかないとね」

「ああ、私も手伝いますよ！」

お手伝いを申し出てくれたのはルック。

ルックは錬金術師見習いの男の子。アクツ村という北部の村の出身で、私が素材採取の旅に出たときに出会った。

錬金術師だった彼のお父様は、不幸な事故で亡くなられてしまっていたので、出会ったときのルックには錬金術を学ぶ師もいなかった。そういうことで、私が身柄を預かって錬金術の勉強をさせているのだ。

そんなルックは、私が設立に携わった、国民学校の錬金術科に通っている。そして、見習いとして私やマーカスの手伝いや見学をしている。きっとそれらは、いつか将来ルックが錬金術師となって故郷の人々を助けるときに役に立つのだろう。

ちなみに、私が設立に携わったといったのは、錬金術科の教材である教科書作りを行ったからだ。錬金術で名高いホーエンハイム子爵の手助けを受けながらも、陛下勅命で私が書きあげたのだ。

そのホーエンハイム子爵も、今は先生として錬金術科で教鞭《きようべん》を執っている。

◆

そして、もう一方のパン工房。

こちらを取り仕切るのはミィナという猫獣人の女の子だ。

「パンを焼きたいので余熱用に火をつけてください！」

「わかった！」

返事をしたのは人型をとっている赤竜のウーウェン。賢者の塔で賢者グエンリール様に仕え、彼の死後、その遺産を守ってきた本物の竜だ。けれど、王都のアトリエで生活するにあたっては人型をとってもらっている。

彼女は私をご主人様と言って慕ってくれている。その理由は、グエンリール様が私のお母様方のご先祖様にあたるから。それがきっかけで、賢者の塔で出会った私をご主人様と呼ぶ関係になったのだ。

彼女はアトリエではミィナと仲良しで、いつも一緒にいる。

自慢の火を使って、すっかり火の番担当だ。

「オーブンが温まりましたね。じゃあ、天板を手際よく入れちゃいましょう。アリエルさんも手伝ってください！」

「わかりました！」

アリエルは、世界樹の件で出会ったエルフの女の子。世界に三本ある世界樹を守る、陽《ひ》のエルフ、月のエルフ、星のエルフの三種族のうち、陽のエルフの王女でもある。

彼女は陽のエルフの里の世界樹を私が救ったことに恩義を感じたことと、元々里の外に出てみたいという希望もあって、母親である陽のエルフの女王様に許可を得て、私の元で生活している。

アリエルはミィナのパンが大好物だから、アトリエではパン工房のお手伝いを率先してやっているのだ。

「いつもありがとうございます」

「またいらしてくださいい」

接客を終えてお見送りをするのは、私が作ったウサギ型の魔導人形のピーターとアリスだ。

彼らはぬいぐるみの体の中に、世界樹の精神を宿している。彼らの精神の元となっている世界樹は、私の畑に生えていて、それは陽のエルフの里に生えていた世界樹から枝分かれして私の畑にやってきたもの。

ピーターとアリスの体内には魔石と魔導回路を有するように設計したから、実は彼らは魔法が使える。だから、こういうちょっとしたお手伝いの他にも、工房の護衛役を担ってもらっている。

私は錬金工房とパン工房を順番に見て回って呟《つぶや》く。

「錬金工房もパン工房も人手は足りているわね……」

そこで、私にとってもう一カ所大事な子達が、屋外の畑にいるのを思い出す。

「じゃあ、私は畑に水撒きにでも行こうかしら！」

そう言って、私は駆け出そうとした。

……と、その前に……。私は足を止めてから、アトリエの中を移動する。

まずは、栄養剤入りのお水をやる必要があっても困らないように、保管庫から栄養剤入りの瓶を取り出して、ポシェットに入れた。

次に、いつも畑のお世話をしてくれている上級精霊のリコと妖精さん達のために、お礼のジャムを持っていこう。

私は厨房《ちゆうぼう》に行って、小さなお皿とスプーン、そしてジャムの入った瓶をいくつか取り出した。

厨房の窓から差し込む日差しはまぶしく、その光に私は目を細める。

それを見て、私は思いついた。

「夏だから、作りたてのラズベリーのジャムにしようっと」

確か先日厨房担当のミィナが作っていたはず。

そう思って、お目当てのジャムの瓶を手に取って、蓋を開けた。

そして、小さなスプーンでジャムを数回皿に移す。

「よし、行こう！」

私はジャムを盛ったお皿を手にして畑に向かった。

◆

屋外に出ると、夏の日差しは明るく、街路樹の木漏れ日が晴れやかに私を照らす。

「みんな、おはよう！」

少し遅い朝の挨拶を畑へ向かって投げかけると、わぁっと妖精さんや上級精霊のリコが近づいてくる。

「「「おはよう、デイジー！」」」

私の周りを舞うように彼らがクルクルと辺りを飛び回る。

「いつも畑のお世話をありがとう。今日は、旬のラズベリーのジャムを差し入れに持ってきたわ」

そう言って私が彼らにお皿を差し出すと、わっとみんながお皿を覗《のぞ》き込《こ》んだ。

「わぁ！　あまーいジャムだ！」

「ラズベリーだ！」

「美味《おい》しそう！」

みんなの目が赤いジャムに釘付《くぎづ》けになる。その瞳はキラキラと輝いていた。

「じゃあ、棚の上に置いておくから、みんなで仲良く食べてね」

「「「はーい！」」」

とは言いながらも、押すな押すなとお皿に群がる妖精さん達が微笑《ほほえ》ましい。私は彼らを横目に見ながら、くすりと小さく笑うのだった。

そんな私は、不意に肩をトントンと小突かれた。

リコだ。

「ねえねえ、デイジー。私達に特別にジャムをくれたんだもの。植物達にも、栄養剤入りの特別なお水をあげたらどうかしら？」

そう言ってリコがウインクする。

「……そうねえ」

私が、どうしようかな、と思って植物達の状態を見ようとぐるっと畑を見回す。

すると、青と赤の二色のマンドラゴラさんが、嬉《うれ》しそうにお花を揺らして歌い出した。

「「栄養剤入りの、美味しいお水〜♪」」

ばっちりと私達の会話を聞かれていたらしい。

「聞かれちゃったわ。とっても期待されているみたい」

「もう、あげないわけにはいかないわね」

私とリコは顔を見合わせ、肩を竦《すく》めて笑い合う。

「あ、そうだ。ちょっと待って、リコ。前に行った冒険で新種の種を見つけたのよ。それを先に植えたいわ。水やりはそのあとにしましょうよ」

「どれどれ？」

私はポシェットの中を探す。その様子をリコが興味津々といった様子で覗き込む。

そして私は古代の薬木の種を取り出した。

「なるほど。その子も木になるから、庭の空いた場所に植えましょうか」

そうして、リコがきょろきょろと良さそうな場所を探してくれる。

「ここなんかどうかしら」

そうして指し示してくれた場所は、確かに木が一本植わっても問題ないくらいのスペースが空いていた。

「じゃあ、穴を掘って、豊かな土を混ぜて植えてあげないとね」

私はシャベルを取ってきて、そのシャベルでリコが教えてくれた場所に穴を掘る。そして、作り置きしてあった豊かな土を混ぜ、種を植えた。

「じゃあ、この子は私が様子を見守っておくわね」

「いつもありがとう、リコ。よろしくね」

私は、畑をいつも率先して見守ってくれるリコのほっぺたに、感謝のキスをする。

それが終わったら、栄養剤入りの水やりだ。

私とリコは、ジョウロが置いてある棚に向かう。

そして、ジョウロの中に栄養剤を入れて、水魔法で作り出した水を足していく。

「「デイジー、早く～♪」」

待ちきれないといった様子のマンドラゴラさん達が、私に催促してくる。まずは彼らに特別製のお水をあげないと、大人しくはしてくれなさそうね。

私は、まずはマンドラゴラさん達が植わっている場所へと移動する。

「お待たせしました。たっぷり飲んでね」

サアァッとジョウロの口《くち》からあふれる水が、彼ら自身と彼らが植わっている土を濡《ぬ》らしていく。

「「わーい！」」

マンドラゴラさん達は、嬉しそうに体を揺らした。

さて、他の子達にもたっぷり美味しいお水をあげないとね。

「リコ、一緒に回りましょう」

「いいわよ！」

そうして、二人で順番に水を撒《ま》いて回った。

「さてと。お水やりも終わったから店番をしてこようかしら。そろそろお客さんも来る時間帯よね」

「お客さんあってのアトリエだものね。行ってらっしゃい！」

リコはそう言って手を振って見送ってくれた。

私は、手を洗ってからパタパタとスカートを払い、アトリエの受付に向かうのだった。

◆

しばらく座って店番していると、チリンとドアベルの音がして、マルクとレティアがやってきた。

彼らは、私達の素材採取のお手伝いをしてくれる仲間達だ。

「「おはよう、デイジー」」

「おはよう、マルク、レティア。今日はポーションか何かの補充かしら？」

尋ねかけてみると、そうだというようにマルクが頷《うなず》いた。

「ああ。国からの討伐依頼で出かけるんで、ポーションを買いたい。やっぱりデイジーの作る高性能ポーションは安心だからな」

「そう言ってもらえると嬉しいわ。何本くらいいるの？」

「ハイポーション十本とポーション二十本もらえるか？」

「……そんなにいるなんて、難しいクエストなの？」

凄腕《すごうで》の二人にしては注文量が多かったので心配になって私は尋ねた。

「まぁ、そう言われてみればそうなんだけど、念には念を入れてな。デイジーが心配するほどじゃないぞ。デイジーとリィンが作ってくれた装備もあるしな」

そう言って、笑って胸を叩《たた》く。レティアも腰に差したカタナに触れて笑う。

「わかったわ。じゃあ、それだとお代は……」

私は金額を提示して、その代金をマルクから受け取った。

「じゃあ、行ってくるな！」

「商売頑張れよ！」

そう言って店を出ていくマルクとレティアのあとを追って、私もアトリエの外に出る。そして、彼らが北西門の方へ姿を消すまで、手を振って見送りをしたのだった。

「さあ、次のお客さんが来るかもしれないから戻らないとね」

私は、また受付へと戻っていく。


しばらくすると、珍しい人がやってきた。

軍務卿とお付きの騎士達だ。

軍務卿は、この国の軍を統括するとても偉い方で、私の作る高性能ポーションを定期購入してくれている。

私は慌てて座っていた椅子から立ち上がる。

「お久しぶりです！　納品物に何かありましたか？」

そんな慌てる私を見て、手を横に振ってにこやかに笑った。

「そんなに慌てなくて大丈夫だよ。今日は、そっちではなくて、前に売ってくれたあべこべの種のお礼を言いたくてね」

あべこべの種とは、体力と魔力の値が入れ替わってしまう不思議な種のことだ。

「あれを実際に使ったんですか？」

「ああ、魔導師団にな！」

以前軍務卿が、あべこべの種を使って魔導師の体力と魔力の値を入れ替えて、彼らをしごくんだと嬉しそうにして帰っていったので、私は努めて笑顔を保とうとしても苦笑いになってしまう。

「まあ、しごきは大変そうだったんですけどね、おかげで良い効果があったんですよ」

そこに、軍務卿のお供でやってきた騎士が話に入ってくる。

「そうそう。魔導師達の体力が上がってきてな。危ないところをなんとか切り抜けて、無事帰ってこられる者が増えたんだよ」

その軍務卿の言葉を聞いて、私はぱぁっと笑顔になる。

「皆さんの安全に貢献できたんですね！」

「ああ、そうだ。ありがとう、デイジー嬢。追加で買っていきたいんだが……」

「はい！　ご用意しますね！」

私は保管庫の中からあべこべの種を取り出して、軍務卿から聞いた必要量を大袋に入れて差し出す。

「じゃあ、これは代金だ。これからもよろしく頼むよ」

「はい！」

再び私は店外に出て、軍務卿達が立ち去る背中を見送った。

そうして立っていると、商業ギルドのギルド長の娘であり、かつ自ら商会を手がけるカチュアが馬車から降りて手を振ってやってくるのが見えた。彼女は、私が大衆向けの商品を開発したときに、その権利を買ってくれて、手広く商ってくれるやり手の才媛だ。

「製造権を売ってもらったあの日焼け止めパウダー、とても売れ行き好調よ。今じゃ、日焼け止めパウダーを叩《はた》いて、その上で日傘をさすのが淑女の嗜《たしな》みになってきているくらい。お客さんも、日に当たりやすい顔や手元が焼けないで済んで嬉しいと喜んでくれているわ」

「それは良かったわ」

「また、何か私の方で大量生産できそうな物があったら相談してね」

「わかったわ」

「それじゃあ、またね」

「うん、またね」

カチュアは、わざわざ日焼け止めパウダーの報告をしに来てくれただけのようだ。話が済むと、馬車の方へ戻っていった。

私は、カチュアと別れてアトリエの中に戻った。

◆

「さて、来客も落ち着いてきたかしら」

しばらく店内で待っていてもお客さんが来ないので、私はこれからしなければいけないことに思いをはせる。

私は賢者の塔から帰ってきたばかりだ。

目標だった賢者の塔で、倒そうと思っていたドレイクは実は赤竜のウーウェンだった。彼女は、私がグエンリール様の子孫だとすぐに気づき、対戦することもなく、私と従魔契約をすることになった。そして、賢者の塔を踏破した。

賢者の塔の由来の賢者グエンリール様の遺産のうち、一部は必要な物だったので私が受け取ることになった。それでもまだまだ残りの遺産は膨大な量だったので、一子爵家の我が家では管理しきれないということになって、国に寄贈することになったのだ。

「そういえば、この間冒険で出向いた賢者の塔で入手した物とかが色々あったわね……」

一部の初級の本を国民学校の錬金術科に寄贈した以外、ほとんどは国に寄贈したのだけれど、それとは別にわざわざ私の手元に残した本が一冊あった。

「『錬金術における禁忌』って言う、グエンリール様の手記を読んでいないわよね……」

ご先祖様が記した、大切そうなタイトルの手記がそれだ。ならば、早めに読んでおかなくてはならないなあ、と思い出す。

「あとは、大地の女神の涙ね」

これも、グエンリール様の工房から手に入れた物だ。

「これって、似たような物が他にもあるのよねえ」

私は保管庫を探って、それらを取り出して、テーブルの上に並べる。

世界樹の涙に氷の女王の涙に火炎王の涙。そして賢者の塔で手に入れた大地の女神の涙だ。でも、並べてみても共鳴するように淡く発光はするものの何かが起こるわけでもない。

【大地の女神の涙】
分類：宝石・材料　　品質：超高品質　　レア：S
詳細：大地の女神が世界を憂えて涙を流すに至った物。その感情の結晶（以降、鑑定レベル、錬金スキル不足）。
気持ち：まだ材料が足らないいんだよねえ……。

鑑定さんも、こう言っている。

まだ全て揃《そろ》っているわけではないらしい。

「そういうことならば、これも保管庫にまとめて大切にしまっておかないとね」

私は四つの石を、まとめて袋に入れて、ラベルをつけて保管庫にしまったのだった。

ちょうどそこに、アリエルが通りかかった。ちょうど良いと、気に掛かっていたことを聞くために彼女を呼び止める。

「ねえ、アリエル。お母様から最後の一本の世界樹のことについて何か連絡はあった？」

世界には三本の世界樹があって、それをエルフ達が守っている。その三本の世界樹に、悪い虫を巣くわせて枯らそうとしている人がいるようなのだ。私達は、そのうち二本は救出に成功したけれど、まだ一本が残っている。

「それが、まだ連絡がなくて……」

以前、のんきに考えていたら、世界樹が枯れかけて大変な事態になったことをとても後悔していたアリエル。

だからなのか、彼女は困った様子で顔を曇らせた。

「大丈夫、アリエル。連絡があったらみんなでまたなんとかしましょう！　だから、そんな顔をしないで？　お母様との連絡役はお願いね。頼りにしているわ」

私はアリエルを励ますようににっこりと笑いかけた。

「はい！　ありがとうございます。連絡があったら、すぐにお伝えしますね！」

そう言って、アリエルはパン工房の方へミィナの手伝いに行ってしまった。

「意外とすぐに手につけられることってないのね。できるのはグエンリール様の本を読み始めることくらいかしら……」

もちろんアトリエ経営はあるのだけれど、その他の抱えている問題ですぐにでも着手できるものはなさそうだ。

ふう、と頬杖《ほおづえ》を突いていると、アトリエの前に馬車が止まった。

私は外に出て、馬車に飾られた家紋を見る。するとそれは実家の物。だとすると来たのは妹のリリーかしら？

　パタンと扉が開く。すると侍女のケイトが先に降りてきて、そして、彼女の手を借りて予想どおりリリーが姿を現わした。

「お姉様！」

　ぱたぱたと駆けてきて、私に抱きついてくる。

「今日はどうしたの？」

「新作の花火ができたのよ！　お姉様に見せたくって！」

　そう言って、背後に立つケイトが持つ袋を指し示す。

　リリーは、国民学校の錬金術科に通う傍《かたわ》ら、ホーエンハイム先生の孫息子のアルフリートと一緒に、火薬の研究に夢中になっている。ただ、アルフリートが鉱山の発破用の火薬を研究しているのとは違い、リリーは花火に夢中になっているのだ。

「夜につけたら綺麗《きれい》なのよ」

　リリーはそう言って、私の腰にぎゅうぎゅう抱きついておねだりしてくる。

「じゃあ、みんなに聞いて、行けそうだったら今夜実家で試しましょうか？」

「やったぁ！」

　こうして、私はリリーと今夜の約束をするのだった。

　平和な日常が、今日も続いていた。

第二章　錬金術科の授業参観

アトリエのみんなに聞いてみたら、私が実家に帰っても問題ないということになって、結局その夜は、リリーとの約束どおり、夕方に実家に帰ることにした。

「お帰りなさいませ。お話はリリー様から伺っております」

いつもどおり執事のセバスチャンが玄関で迎えてくれる。

「急な話でごめんなさいね」

「いえいえ、とんでもないことでございます。さあさあ、奥様が居間でお待ちですよ」

そう教えてもらって、私は居間に向かう。

「お帰りなさい」

お母様はバラの花が咲いたかのような笑顔で私を迎えてくれた。

「ごめんなさいね。レームスとダリアは教習で出かけているのよ」

「それは仕方ないです。お兄様もお姉様も大切なお役目を担っているんですから」

二人はそれぞれ、立派な賢者と聖女となるべく、今日は出かけているらしい。

「デイジーお姉様！」

そんな話をしていると、リリーが上階から下りてきた。

「約束を守ってくれてありがとう！」

「あとで暗くなったら花火を見せてちょうだいね」

「はい！」

リリーは嬉《うれ》しそうに、ぱあっとお日様のように笑うのだった。


そうして夕食の時間になると家族が勢揃《せいぞろ》いした。不在だったお父様、お兄様、お姉様も一緒だ。

そんな久しぶりに家族揃って摂《と》る食事の場で、意外な話題を振られた。

「錬金術科の授業参観……ですか？」

私は初めて聞くその言葉に首を捻《ひね》った。おかしなことに、同じ錬金術科に通っているルックからは聞かされていなかった。

「そうなの！　私達が授業を受けているところを、お父様やお母様達に見てもらう催しなの！　ルックもいるし、お姉様も来るわよね？」

興奮気味にリリーが尋ねた。

「あれ？　ルック君からまだ聞いていないのかい？　その授業参観に、デイジーも来るなら、リリーもルック君も喜ぶんじゃないかと思ったんだけれど」

そう言うのはお父様。

「もちろん私達も行くんだけれど、デイジーが行ったら、ホーエンハイム先生も喜ぶんじゃないかと思って。あなたも、設立に関わった学校の様子、見てみたいでしょう？」

そう勧めるのはお母様だ。

「確かに気にはなっていました。そうですねえ……。アトリエの方も落ち着いてきていますし、うちで預かっているルックも通っているし……。みんなに聞いてみて、なるべく参加しようと思います」

「やったぁ！」

リリーが横ではしゃいで喜んでいた。

そしてその夜は、リリーに筒から火薬をポンッと打ち上げる、小さな『打ち上げ花火』という物を披露してもらい、家族で楽しんでから、それぞれ就寝したのだった。


そうして翌日、そのことをアトリエに戻ってから話してみた。

「あ、その話、しようと思っていたんですよ！」

すると、ルックが思い出したように、一枚の紙を差し出してきた。

「授業参観のご案内」

私はその紙のタイトルを読み上げる。マーカスも横から覗《のぞ》き込《こ》んでその紙を見る。

「ただ私の場合、両親はおらずアトリエも居候の身ですから、どうしようかと思っているうちにお渡しし忘れていたんです……」

そう言って、ルックは困ったような顔をする。

「デイジー様は、ご実家からも参加してみてはと言われていらっしゃるんでしょう？　でしたら、デイジー様が参加すれば、リリー様とルックの二人の様子が見られるじゃないですか！」

マーカスはそう言ったあと、さらに「アトリエの方は私がなんとかしますよ」と頼もしいことを言ってくれたのだ。

「じゃあ、お言葉に甘えて参加しようかしら」

私自身、設立に貢献した錬金術科がどんな風になっているか気になる。そして、リリーやルックを筆頭とした、そこで学ぶ子供達の様子も。私は、授業参観日を楽しみに待つのだった。


そうしてやってきた授業参観当日。

教室に入ると、机と椅子が並んでいて、そこに子供達が座っていた。机の上には、ビーカーなどの実験器具や素材が置いてある。素材から見るに、今日はポーションを作るのだろう。

親などの観覧場所は教室の一番後ろで、椅子が並んでいた。そこに座って子供達の様子を見るようになっていた。

親のいない孤児院の子供達を慮《おもんばか》ってか、教会のシスターも観覧場所にいて、私は視線が合うと軽く会釈した。

子供達は、親が来ているかどうか気になるのか、きょろきょろと背後を窺《うかが》ったりしていて微笑《ほほえ》ましい。

リリーはお父様とお母様と私に笑顔で大きく手を振り、ルックは私に向かって嬉しそうににっこり笑って会釈した。

そうこうしていると、教室にホーエンハイム先生が入室してきた。

「はい、静粛に」

先生が第一声を発すると、子供達は背筋を伸ばしてしゃんとする。

「今日は授業参観です。保護者の皆様にはご足労いただき誠にありがとうございます。今日は、ぜひとも子供達の成長ぶりを見てやってください」

そう言って、先生が保護者達を見回す。途中、私のところでにっこりと先生が目を細めたのは、多分気のせいじゃないと思う。

「では、今日は先日実習したポーションを一人で作ってもらいます。できた子から、手を上げるように」

すると、我先にと子供達が手を動かし始めた。

リリーは、普段から実家の離れで調合していて慣れているからだろうか。手慣れた様子で作業を進め出した。

対してルックはというと、ノートらしき物を開いてじっくりと読んでから、ようやく手を動かし始める。

やがて、しばらく経《た》ってから最初に仕上がったと手を上げたのは、やっぱりリリーだった。

「先生！　できました！」

すると、そのできたてポーションを先生が確認しに行く。

「うん。これはしっかりとした物ができているね。合格だよ、リリー」

すると、ぱあっと花が咲いたように笑って、リリーが後ろを振り返る。そして、「見て見て！」

とばかりに、お父様、お母様、私へと手を振ったのだった。

私達は、その様子の愛らしさに手を振り返す。

次にできたと手を上げた子の物は、遠目でもぱっと見でダメだなあという品だった。昔私が初めて作った、下ごしらえができていなくて苦かったポーションの色をしていた。

「うん。これは、下準備が不十分だね。匙《さじ》で掬《すく》って、舐《な》めてみなさい」

そう先生に言われて、その子が匙で掬ってフウフウとしてから口に含む。すると、一瞬で眉間に皺《しわ》が寄って、ぺっぺっと薬液を吐き出した。

その様子に、苦笑しつつも微笑ましいものを見るように保護者達の間で笑い声が起こる。

「……苦いです」

「下ごしらえを丁寧にやらないとそうなる。順位を争う必要はないから、丁寧にやり直してごらん」

「はぁい」

そうしてその子は、一度作った物を片付けてから、一から作業のやり直しを始めた。

せっかく作り終えたポーションを、いざ濾過《ろか》する段になってたくさん零《こぼ》してしまう子がいたり、加熱しすぎて沸騰させてしまった子がいたりと様々だ。

やがて、半分くらいの子達が完成させた頃に、ルックが手を上げた。

「先生、できました」

「どれどれ……」

先生がルックの席の方へ歩いていく。そして、できあがったばかりのビーカーに入ったポーショ

ンを確認した。

「うん。これは丁寧にできているね。合格だよ、ルック」

そう言ってもらうと、「ありがとうございます！」と先生にお礼を言ってから、ルックは私の方に振り向いた。私は、「頑張ったわね！」という意味を込めて、手を振って返した。

やがて、授業時間内に全ての子供達のポーション作りは無事に完了した。失敗で終わった子は一人もおらず、子供達も保護者達もみな満足そう。

こうして授業参観も終わり、その日は保護者と共に帰っていいこととなり、一組、また一組と教室から立ち去っていく。リリーも、両親と共に帰るようだ。

そんな中、私はホーエンハイム先生にご挨拶したくて、ルックには少し待ってもらって、先生の方へ向かった。

「今日の授業参観はどうだった？」

近づく私に気づくと、先生は目尻に皺を寄せて微笑んで声をかけてきた。

「設立に関わった錬金術科が、こうしてみごとに実現した様子が見られて感動しました。今日の子供達が、将来国のための立派な錬金術師に育ってくれる姿が目に浮かぶようです」

「そうだね。あのときは本当にどうもありがとう。君が作った教科書は立派に子供達を育てていくはずだよ。これから毒消しポーションやハイポーションも作れるようになる。そんな彼らが地方に散っていけば、どこでもこういった薬剤が手軽に手に入るようになるはずだ」

私の答えに、ホーエンハイム先生も満足そうに頷かれ、明るい未来を語る。

「素敵な未来ですね」

私と先生は顔を見合わせて微笑んだ。

そのあと、私は先生に別れの挨拶をしてから、ルックと一緒にアトリエへと帰宅した。

第三章　問題勃発

私が畑の水やりをしていた日のこと。

「最後はあべこべの木ね」

そう思って、水を撒こうとしたときだ。


……あれ？


どうも、見たことのない形をした実が一つ生っていた。

「ねえ、リコ」

「どうしたの？　デイジー」

「……あべこべの木に、おかしな実が生っているわ」

「えっ？」

あべこべの木というのは、同種族の植物の交配に適した木で、他の木で交配を行うよりも新種ができる成功率が高い。

そう考えると、新種の実ができていても不思議ではないのだ。

「一体何ができているの？」

リコが私に尋ねてきた。

「ちょっと待ってね……」

私は、鑑定の目に切り替える。

【魔力の種】
分類：種子類　　品質：高品質　　レア：A
詳細：一時的に魔法威力が上がる。
気持ち：魔導師垂涎《すいぜん》の品だね！

それは、やっぱり新種の種だった。

「これは『魔力の種』っていう新種らしいわ」

「じゃあ、以前と同じように、この種がしっかり木になるように、お世話してあげないといけないわね！」

私がリコに鑑定結果を伝えると、彼女は俄然《がぜん》やる気になったようだ。

「これも、体力向上の種や古代の薬木の種のときみたいに、直植えで大丈夫？」

私がかつての作業を復習するように口にすると、リコが頷きながらついてきた。

「うん。ここの畑は環境が良いし、上級精霊の私も面倒見るから直植えで大丈夫よ。……あ、デイジー、こっち！」

ふわふわと宙を飛びながら、リコが木を植えられそうな、日当たりの良い空き場所まで案内してくれた。

「ここに植えましょうか」

「じゃあ、種を植えるために、土を掘って、豊かな土をここに足さないとね」

土と錬金術で作った栄養をたっぷり含んだ豊かな土、それを掬うのにスコップがいるなあと思って、まずは作業道具がしまってある戸棚に向かった。

スコップを手に持って、豊かな土の入った大きな麻袋を置いてある場所まで行く。

「土に、豊かな土を混ぜてっと……」

麻袋の隣の空いた場所の土を掘って解して、豊かな土を混ぜていく。

「混ぜる割合はこれくらいでいいかな……」

「前と同じくらいだったし、大丈夫じゃないかしら？　私達もちゃんと面倒見ているから、何かあったらすぐに教えてあげるわよ」

私がちょっと悩んでいると、リコが私にアドバイスをくれた。

「ありがとう、リコ！」

私はチュッと彼女の頬《ほお》に感謝のキスをする。

すると、リコはほんのりとその頬を染める。

「ほらほら。土ができたのなら、早く種を植えなさい。そうしたらお水やりよ！」

照れ隠しなのか、リコが急にあれこれと忙《せわ》しなく私に指示をするので、その様子に私はちょっと笑ってしまったのだった。

そしてそのあと、私とリコで新しい種を植えた場所に水やりをした。

あとは、他に実っている既存の種類の実もあったから、それらを収穫して回る。

色とりどりのカラフルピーマンのような実の外側は、食用としてミィナに渡すためにカゴに入れていく。そして、その中の種子は日陰で乾燥させるために、ザルの上に広げたのだった。

◆

「というわけで、また新種の種ができちゃったのよ」

それを夕飯どきに報告しながら私がフォークで刺したのは、もちろん、今日収穫したカラフルピーマンだ。

ミィナが早速とばかりにグリル焼きにしてくれた。火でじっくりグリルしたそれは甘くてとても美味しいのだ。

その他の今日のメニューは、メインはルックの希望でホワイトソースのパン粉焼き。

小麦粉とバターと牛乳で作った白いとろりとしたソースの中に、具としてお肉やお魚なんかを混ぜる。これを平たいお皿にたっぷり入れて、パン粉で覆ってオーブンで焼く。

チーズを作ったときは、贅沢《ぜいたく》にパン粉のかわりにチーズをかけちゃうこともあるわ！

今日は、マッドチキンの肉を一口大に切った物と、玉ねぎの薄切りを炒《いた》めた物がホワイトソースに混ぜてあった。

ルックはこれを、ちぎったふんわりパンにつけて食べるのが好きなようで、今もハフハフしながら笑顔で頬張《ほおば》っていた。

ちょっと種の話から逸《そ》れちゃったかしら。

「新種ですか。今度はどんな効果がある種なんですか？」

一緒にテーブルを囲むマーカスが、私に尋ねてきた。

「魔力の種って言うのよ。一定時間魔法の威力が上がるらしいわ。今はまだ一つしかできていなかったから、土に植えて、発芽を待っているところなの」

私が鑑定した結果と、今の状況を説明した。

「……デイジー様。それ、ご実家の皆様……いや、また冒険者や軍の皆様が欲しがったりしませんかね？」

「そうよねえ。前にすばやさの種と力の種をアトリエの商品として出したら、大変だったのよね」

私は、すばやさの種と力の種を新商品として売り出したときの騒ぎを思い出してため息をつく。

商業ギルドに根回しをして、栽培に成功したので売り出すという報告と値段を伝えたのはいいものの、そのあとが大変だった。

未《いま》だかつて、これらの能力向上系の種の栽培に成功した者はいなかったのに、それを私は成し遂げてしまった。

だから、売っているのは私のアトリエのみ。そうでなければ、冒険先の宝箱なんかから手に入れるしかないレアものだったのだ。

だから、初めて売り出したときは、噂《うわさ》が噂を呼んで、軍からも欲しい、冒険者さん達にも口コミで広がって、自分達も欲しいと、ちょっとした騒ぎになってしまったのだ。

私の畑は世界樹、上級精霊のリコや妖精さん達がいるおかげで、どんな季節でも常春状態。

そして、植物の成長サイクルも早いので、季節に関係なく、一定の期間が経てば種は収穫できる。

だから収穫をして、食べられるように陰干しして乾燥させたら商品として出す。そして毎度毎度、黒板や張り紙で『○○の種、あります』と告知するたびに、お客さんが押し寄せて大変なことになったのだ。

やがて、とうとう軍へ売る分と冒険者さん達に売る分の配分について揉《も》めそうになってしまった。

だから、商業ギルド長であり、カチュアのお父様でもあるオリバーさんに間に入ってもらって、軍と冒険者ギルドで配分について話し合いの場を設けてもらったほど。

そして最終的に、国の軍にと決められた量をまず除き、そして残りを、十粒入れた袋にして、一人一袋までと決めて冒険者さん達に売ることで落ち着いたのだ。

あの騒ぎを考えると頭が痛くなった。

「デイジー様。魔力の種が加わりそうなのに加えて、もっと大きな問題がありますよ」

「え？」

マーカスに真面目な顔で、「もっと大きな問題」と言われて、私は思わず眉根を寄せてしまう。

「体力向上の種です。あれは、大騒ぎになるからと扱いを保留にして、保管庫にしまいっぱなしです」

……そうだった！

最初に収穫した分は、ドレイクとの再戦の目的で、私とリィンとアリエルで全部食べちゃったんだけど、そのあと収穫した種の扱いを決めていなかったのだ。マーカスの言うとおり、保管しっぱなしである。

だって、食べただけで恒久的に体力が上がるのだ。「そんな物世に出したら大変だ！」ということになって、つい、あと回しにして保管庫にしまい込んでいた。

「あれは前線で戦うお父様や、将来そうなるお兄様やお姉様に一番に食べて欲しいのよね……」

家族びいきと責められるかもしれないけれど、正直、国のために戦う家族を持つ身としては、それが本音だった。仮にもし他にどんな人義があっても……どうしたって、私にはまず家族が大事だった。

だって、魔導師の職をいただけなかった私に、優しく接してくれた家族がいたから、今の私があるのだから。

「……まずは、実家に一度戻られて、お父様に相談してみてはいかがですか？」

複雑な気持ちで顔を曇らせていると、マーカスはそんな私を察してくれたのか、意外にも優しい声で提案してくれた。

私が気に病むようなことは、何も責めないでくれた。

「……それがいいかもしれないわね。そうしましょう」

そう決めて、私は実家に手紙を送ることにしたのだった。

やがて、手紙の返事が届き、話し合いは一週間ほども過ぎた、とある日ということになった。

指定の日、私はお父様と体力向上の種の取り扱いについて相談すべく、実家に戻る準備をした。

種はサンプルとして、十粒を小袋に詰める。それを、ポシェットの中に入れて持っていくことにした。


……それにしても、こんなに約束の日にちが空くなんて珍しいわね。お仕事がお忙しいのかしら？

いつもは、大体お父様と話をしたいと伝えるとすぐに算段してくれることが多い。だから、数日経《た》ってからというのを私は珍しく感じた。

少し不思議に思いながらも、指定された日、お父様が仕事を終えて帰宅する時間帯に、私は実家を訪ねたのだった。

第四章　忍び寄る足音

指定された日、私は実家を訪ねていった。

「ただいま。セバスチャン」

やはり、玄関ではいつものように、我が家の執事のセバスチャンが待っていてくれた。

「お帰りなさいませ、デイジーお嬢様」

彼は、慣れた所作で折り目正しくお辞儀をする。

「お父様はもうご帰宅済みかしら？」

そう尋ねると、セバスチャンは頭を上げてから、少し申し訳なさそうな顔をして首を横に振った。

「最近ヘンリー様はとてもお忙しいご様子。本日も少し遅れていらっしゃるようで、まだお戻りになっていません」


……やっぱり仕事がお忙しかったのね。


納得はしたものの、お父様のお仕事は国軍の魔導師団の副魔導師長。

そのお父様が忙しいということは、国に何か問題でもあったのだろうか？

私は、国の状況と、そして何かあれば実戦にも赴かれる立場のお父様の身を案じた。

すると、知らず知らずに私の顔が曇ってしまう。

セバスチャンが、そんな雰囲気を察したらしい。彼はそれを振り払うかのように、少し明るくした声色と表情で私に提案してくれた。

「デイジー様。せっかくですから、ご家族とゆっくりされてはいかがでしょう？　侍女に飲み物でも淹《い》れさせましょう。じきにヘンリー様もお戻りになりますよ」


……確かにそれもそうね。


リリーの新作花火のお披露目《ひろめ》以来、私は実家を訪れずじまいだった。

授業参観後のリリーの錬金術科での勉強具合も聞きたいし、困っていることがあるのなら相談に乗ってあげたい。

そして、ホーエンハイム先生の孫のアルフリートと、何やら一緒に実験しているということは時折教えてもらっているけれど、最近の様子も聞いてみたい。花火に夢中になっていたけれど、あのあとの進展はどうなったのかしら？

お母様は相変わらずのんびり過ごされていると思うけれど……。

賢者と聖女に転職なさったお兄様とお姉様のそのあとの様子も聞きたいわ。

「ありがとうセバスチャン。みんなに声をかけてみてくれないかしら？　手が空いている人だけでもいいからお話をしたいわ」

「では、手配をしましょう」

にこりと笑ってセバスチャンが一礼をすると、私を居間に誘導する。そして、それが済むと、侍女達に指示を出すためにその場をあとにしたのだった。

ソファに座って待っていようかしらと思って、私は庭の景色がよく見えるソファに向かう。

すると、やはりいつものとおり、そこがお気に入りであるお母様がその場所にいて、私は挨拶をする。

「お母様。ごきげんよう」

「あら、デイジー。来ていたのね。ささ、座って」

お母様が嬉《うれ》しそうに微笑《ほほえ》んで私に向かいの席を勧めてくれたので、私はそこに腰掛けた。

我が家の自慢のバラは夏のためか小ぶりのバラが多い。

でもその代わりに、夏に花を咲かせるラベンダーやダリアなんかが、バラと一緒に庭を艶《あで》やかに飾っていた。

そうして庭を眺めてゆっくりしていると、

「デイジー様。お帰りなさいませ」

そう言って、ケイトがやってきた。彼女は小さな車輪付きのテーブルを押している。そしてその上には紅茶を淹れるのに必要な物が載せてあった。

「ケイト!」

私は思わず立ち上がろうとする。それを笑ってケイトにそっと制された。

彼女は、私が実家住まいだった頃に、私付きの侍女だったのだ。

だから、顔を見ると、ついつい嬉しさと懐かしさで体が反応してしまう。

「もう。デイジー様は相変わらずですね。紅茶を淹れますから、お座りになっていてください」

そうしてケイトに紅茶を淹れてもらっていると、続々と家族が集まってきた。

「お姉様〜！」

まずは駆け寄ってくるのはリリー。

「リリー。ただいま」

ぎゅっと私にしがみついてくるリリーを、私は座ったまま抱きしめ返す。

「もう、リリー。レディーがそんな風に走ってはいけないわよ」

リリーのあとから足早に歩いてきて、姉らしく優しく窘めているのはダリアお姉様。

お姉様は相変わらずみたい。

「デイジー、お帰り」

最後にやってきたのはお兄様だった。

それぞれやってきたみんなが順番に空いている席に座っていく。

「あら。皆様お早いお揃いですね。では、皆様の分も紅茶をお淹れしましょう」

ケイトはそう言うと、新しい茶葉に入れ替えて、席に腰を下ろした家族に順番に紅茶を淹れてから、その場をあとにしたのだった。

「アトリエの方はどうなの？」

紅茶に口をつけていると、お母様が私に尋ねかけてきた。

カップをソーサーに置いてから、私はお母様に顔を向ける。

「経営は順調です。相変わらず軍や冒険者の皆さんに、ポーションを中心に買い求めていただいています。そうそう、ポーション入り化粧水も、女性を中心に好評です」

私がアトリエの経営状態を回答した。

「あのポーション入り化粧水、とっても助かったわ」

お母様が両手でポンと手を打って頷《うなず》いた。

「そうそう！　私も、唇の荒れがサッと治ってしまうから、重宝しているのよ」

「それは良かったです。必要だったら、いつでもアトリエに連絡してくださいね」

「ありがとう、デイジー」

お母様とお姉様が嬉しそうに微笑んだ。

「そうそう。レームスとダリアは最近は研修ばかりなのよね」

お母様がお兄様とお姉様に話題を振る。

「私は今年成人して、正式に魔導師団の賢者として配属されてね。とはいっても新米賢者だから、お母様のおっしゃるように研修ばかりだよ。ああそうだ。デイジーの噂もよく聞くよ。なんでもあべこべの種とかいう、不思議な種を納品したんだって？　あれを使った体力作りが大変でさ」

そう教えてくれたのはお兄様だ。しかも、お兄様まであのあべこべの種を使った特訓を受けているらしい。

「私は来年成人して正式に聖女として務めるようになるから、教会で研修と実務を兼ねて、癒《いや》しを求める人々に回復魔法を施したりすることが多いわね。そうそう、孤児院の面倒を見ているシスターが、あなたの寄付のおかげで子供達におなかいっぱい食べさせてやれると喜んでいたわよ」

「それは良かった。安心しました」

思わず喜びで私の顔が緩むのを感じる。

「……って、お父様が帰宅されたようね」

そうして歓談に花を咲かせていたお姉様がおしゃべりを切り上げた。

玄関が開く音がして、微《かす》かにお父様の声とセバスチャンの声がしたのだ。

やがて少ししてからお父様がセバスチャンに案内されて居間にやってきた。

「ああ、デイジー。お帰り。遅れてすまなかったね」

やっぱりお仕事がお忙しいのだろうか？

私の帰省に笑顔を見せるお父様のその表情には、僅かに疲れが滲んで見えた。目の下にうっすらとしたくまらしきものまで見て取れる。

「お帰りなさい、ヘンリー。お疲れ様でした」

「「「お帰りなさい、お父様！」」」

お母様と私達子供が、立ち上がってお父様の帰宅を労《ねぎら》う。

「ああ、ただいま。私も着替えたらすぐに戻るから。そのまま喋《しゃべ》っていてくれていいよ」

お父様は、片手でネクタイを緩めながら、いったん着替えるのだろう。自室へと部屋をあとにした。

そうして、私達は再びソファに座る。

そんな中、お兄様がこっそり私に耳打ちで教えてくれた。

「最近、いつもこんな時間なんだ。今日はまだ早い方なんだよ。軍の会議で忙しいみたいでね」

「何かあるのかしら……お兄様達は聞いているの？」

お兄様はこの国の賢者、お姉様は聖女だ。ただ二人は十五歳と十四歳。成人とみなされる十五歳前なので、お姉様は正確には見習いなのだけれど。

だから、成人済みのお兄様なら何か知らされているかもと思って尋ねてみることにした。

そうして私が小声で尋ねると、お兄様は首を横に振った。

「いいや。私やダリアにも聞かされていない。私は賢者といってもまだ駆け出しにすぎないからね」

そう言うと、お兄様は肩を竦《すく》めて苦笑いする。

「……そんなこと……！」

私がお兄様の自嘲とも思える言葉を否定するように、キュッと服の裾を握った。

「いや、大丈夫。それに本当のことだから。でも、いつかきっと国のために働くお父様の助けになる。ああ、話が逸《そ》れたね。話を戻すけど、最近は陛下や軍務卿といった軍の上部の人達は、会議の回数も、その時間も増えているらしいよ」

「何かあったんでしょうか……」

私が不安げに呟《つぶや》くと、私が握りしめている手を、その上からそっと手のひらを重ねて、お兄様がにこりと微笑む。

そんなお兄様の手は温かく、そして私よりも大きな手に、頼もしさを感じた。

そうして過ごしていると、仕事着からラフな室内着に着替えたお父様が居間に戻ってきた。

「待たせたね。特にデイジー。約束をしていたのに、帰りが遅くなってすまなかったね」

セバスチャンを連れたお父様が、空いた席に腰掛けながら、私に向けて詫《わ》びの言葉を口にする。

「大丈夫です、お父様。それに、久しぶりにお母様やお兄様達とゆっくり話もできましたから」

にこりと笑ってお父様の顔を見ると、やはり疲れが滲《にじ》んでいるような気がした。

お兄様の言っていたとおり、忙しいのかもしれない。

「そうだ、デイジー。例の新商品の相談の件だけれどね、明日一緒に登城して欲しいんだよ。陛下と軍務卿が直々《じきじき》に君と相談したいとおっしゃっていてね」

「陛下方が直々に……しかも明日ですか？」

私は予想外の展開と、その早さに首を捻《ひね》ってしまった。

私はそれまでこっそり話をしていたお兄様と顔を見合わせて、互いに首を捻るのだった。

◆

そうして翌朝、私はお父様が出勤なさるのと一緒に馬車で登城することになった。

未成年とはいっても私はもう十三歳。だから、お城へ伺って失礼にならないように、予備に実家に置いてあるドレスを着ていく。ドレスの着付けはケイトに手伝ってもらった。

そうしてお父様の案内で連れていかれた先は、小ぶりの会議室。

私達が入室する前に、すでに軍務卿と財務卿、鑑定士のハインリヒが着席済みだった。

お父様と一緒に入室すると、私はカーテシーをしてお二人に挨拶をする。それが済むと、侍従に勧められた席で陛下がいらっしゃるのを待った。私の護衛として伴ってきたリーフは私の足下で伏せをする。

やがて国王陛下が宰相閣下を伴って部屋にいらっしゃった。

私達はその場で立ち上がって礼をする。

「ああ、みんな、よく集まってくれた。デイジーも、よく来てくれたね。さあ、座って」

陛下のお言葉で、皆が腰を下ろす。

陛下と宰相閣下も侍従が引いた椅子に腰を下ろした。そして陛下は侍従に場を外すよう指示すると、部屋は私とハインリヒを除けば国の重鎮とも言える方々だけになる。

「今日の議題は、デイジー嬢が新たに栽培に成功した、体力向上の種についてでしたな」

宰相閣下が口火を切ると、陛下が頷かれた。

そして、そのお顔を閣下の方から私の方へ向けられる。

「その品をハインリヒに鑑定させてもらっても良いかな？」

「はい、もちろんです」

陛下の申し出に、私は快く応じる。そして、体力向上の種をハインリヒに差し出した。

彼は私が差し出した種を鑑定してから、陛下に目配せをして頷いてみせた。それに対して陛下も頷いて返してから、視線を私の方へ戻された。

「デイジー。その新種の種を、しばらくは全て国に納品して欲しいんだ。それをお願いするために、今日は君に来てもらったんだよ」

「……全て、ですか？」

私は驚きで、思わず復唱してから息を呑《の》む。


……どういうことだろう？


だって、以前似たような種類の種達は、冒険者ギルドと協議の上、配分率を決めたはず。だから、今回も似たような処置になるのだろうと私は思い込んでいたのだ。

でも、今告げられたのは国が占有したいということ。


……そういえば、冒険者ギルドの関係者らしき人もこの場にはいない。


「陛下、……どういうことなのでしょうか？」

国が買い占めたいだなんて、ちょっとおかしい。

そう感じとった私の疑念に、陛下が優しく、しかし苦慮が感じられる笑みを浮かべながら答えてくださる。

「デイジー。君の質問には誠実に答えよう。ただし、ここでの話は絶対に内密に頼む。誓えるかな？」

不安を抱きながら隣に座るお父様を見上げる。すると「大丈夫」とでも伝えるようにお父様がしっかりと頷き、私の手をテーブルの下で握ってくれた。

「……はい……」

お父様に励まされるようにして、私はかろうじて返答をすることができた。

そして私はまだ繋《つな》がれているお父様の手をぎゅっと握り返し、陛下の口が開くのを待った。

「デイジー、君はシュヴァルツリッター帝国という国を知っているかな？」

「はい。私達の国から、ハイムシュタット公国を挟んだ先にある国ですよね」

私は聞き覚えのある国名に頷いた。

ずっと前、アナさんに師匠になってもらうときに聞いている。

確か、昔に政変が起こり、軍国主義を掲げる皇帝が治める国になってしまった。だから、アナさんやリィンのおじいさんのドラグさん達は、自分達の能力を戦争に使わせまいと、彼の国から逃げてきたのだと。

「そう。そのシュヴァルツリッター。彼の国が近頃再び武器や防具を大量に調達しているらしいとの情報が入ってね。……我が国の友好国であるハイムシュタット公国、そして我が国との戦争を目論《もくろ》んでいるのではないかと警戒しているんだ」

陛下は、私にどう伝えたものかと、易しく噛《か》み砕《くだ》いて説明してくださる。

そんな陛下のお顔は、望まない状況に対する憤りといったもので苦々しく歪《ゆが》んでいる。

「……戦争」

私は呆然《ぼうぜん》とその言葉を復唱する。

静かな部屋の中で、私の心臓がどくどくと脈打って、頭に響いてうるさい。

そんな私を、お父様がハラハラとした顔付きで見守る。そして、他の大人の人達も心配そうに私を見つめている。

「そう。もちろん、私達ザルテンブルグの人間は、血で血を洗う戦争など望んでいないよ？　それでも、戦争を仕掛けられる可能性があるのであれば、私は国民を守るためにできるあらゆる策を講じなければならないんだ」

「体力向上の種のお申し出は、その一つ、ですか……？」

私が尋ねると、陛下は申し訳なさそうに眉を下げて頷かれた。


……うるさい。うるさい。胸の鼓動よ収まって。


私は、不安に駆られて繋いだままのお父様の手をさらにぎゅっと握りしめた。お父様がそれに応えるようにしっかりと握り返してくれる。

怖かった。

陛下はさらに話を続けられる。

「そう。体力向上の種についても一つの策だ。……ただ」

「……？」

「正確に言うと、策にしたいと考えたのは、君が賢者の塔の赤竜を自分の眷属《けんぞく》として手元に置きたいと言うのを許可したときから、かな……。あれが抑止力となり、シュヴァルツリッター帝国が戦争を諦めてくれたらと思っていたんだ。だから、私の勅命で許可した」

陛下がおっしゃっている赤竜というのは、ウーウェンのことだろう。

あのときから、この事態が水面下で国を揺るがせていたなんて。そして、知らず知らずのうちに私も無関係ではいられなくなっていたなんて。

「抑止力……ですか？」

「ああ。君のところの赤竜……ウーウェンだったか。彼女は未熟とはいえ赤竜としての力はあるんだろう？」

「……はい。そうだと思います。空も飛べますし、ドラゴンブレスも吐けます」

「うん。だとすると、そんな竜を従えているような者がいる国に手を出そうとするなんて、普通は考えないはずなんだ。だって、赤竜なんて相手にして無事に済むとは考えないだろう？」

「……はい」

「だから、彼の国の野望を未然に防げると思っていた。そのためとはいえ、黙って利用してすまない、デイジー……」

「そんな！　陛下！」

一国の王である陛下が私に頭を下げられるので、慌てて止めて欲しいと私は首を横に振った。

「……私は最初、君と君の赤竜の存在によって、戦争を未然に防げると思っていた。それとなく竜の存在についての噂《うわさ》も撒《ま》いたんだよ。けれど、彼の国はどうも戦争の準備をやめていないらしくてね」

カタンと硬質な音がして、陛下が立ち上がられたのだと知る。

「私が今回ご相談に伺った体力向上の種は……その起きるかもしれない戦争のために使われるのでしょうか……」

私は震える声で尋ねる。そして、私の元へ歩み寄られる陛下、軍務卿とお父様の顔を交互に見た。

「デイジー……すまない。君が優秀なことに甘えて、私はまだ成人もしていない君を辛いことに巻き込んでばかりいる」

椅子に座ったままの私の頭を、陛下がそっと優しく撫《な》でられる。

私は謝罪の言葉を口にされた陛下に首を横に振って答えた。

「だが、君にすまないと思う一方で、私は、もし戦争になったら最前線で戦う兵士達……彼らを一人でも多く守りたい。君が育ててくれた種の効果があれば、彼らの生存率も格段に上がるだろう。だから、彼らに最優先で摂取させたいんだ」

「……兵士さん達が、この種の力で助かるかもしれない……」

ぼんやりと持ってきた体力向上の種を眺めながら、私は呟いた。

「うん。そう。君も知っている騎士団長や……君の父上も。そして彼らの部下達に至るまで、できるだけ一人でも多くの者に、生き延びる可能性を高めてあげたい」

陛下のそのお言葉に、私の心臓が一際大きく胸を打つ。

『君の父上』


……苦しい……！


「……おとう、さま……」

脳裏に、もしものシーンが展開される。

お父様が剣で斬りつけられる、そんな光景。

ドクンドクンと私の胸が早鐘を打つ。呼吸がどんどん深くなり、口元を押さえても上手に息が吐けない。


……息、が……できな、い……。

呼吸ってどうやるんだったっけ？


「「デイジー！」」

陛下とお父様が私を呼ぶ叫び声が、遠くなっていく。

私は、その想像してしまった光景の恐ろしさに、意識を手放してしまったのだった。

◆

私はふとまぶた越しの光にまぶしさを感じて、ゆっくりと目を開いた。

「デイジー様！」

その声は、実家住まいだったときに、私の面倒を見てくれていたケイトのもの。

そして天井は、見慣れた私の実家の自室のものだった。

「ケイト……私……」

起き上がろうとすると、ケイトが私の両肩を押さえて制止する。

「デイジー様。デイジー様はお城の会議の場でお倒れになったのだそうです。お医者様からも安静にするようにとの指示が出ています。まだゆっくり寝ていてください」

そうしてケイトは私を優しくベッドに戻すと、肩からショールをかけてくれる。

「そうだわ……私、陛下のお話にびっくりして……」

自分の栽培した種を、いずれ起こりうるかもしれない戦争のために使いたいと聞かされたのだ。

理由があるとはいえ、陛下は戦争のために使いたいのだと。

そして、それは自分の大好きなお父様や顔見知りの騎士団長のためでもあるのだと。

……そう聞かされて、意識を失ったんだわ。

私は意識を手放す前の記憶を思い出した。

あのとき、止《や》んで欲しいと願った激しい胸の動悸《どうき》も、もう収まっていた。呼吸も自然にできる。

「ねえ、ケイト。私はお城にいたはずだわ。私はどれくらい眠っていたの？」

私は首だけを横に向けて、私に寄り添うケイトに尋ねた。

「お倒れになったデイジー様を抱いて馬車でお連れしたと、ご当主様から伺っております。それからデイジー様は、二日と半日ほどお眠りになっておられましたよ」

私の枕元に寄り添うケイトは、私を労るかのような柔らかな表情で私を見ながら答えた。

「……そう……」

私はゆっくりと視線を天井に戻して、ぼんやりとそこを見つめた。

「デイジー様。デイジー様がお目覚めになったことを、奥様へ伝えに行っても大丈夫でしょうか？すぐに戻りますが、お一人で大丈夫ですか？」

「ええ。大丈夫」

ケイトの問いに、私は天井を見上げたまま一つ頷《うなず》いた。

「では、ご報告に行ってまいりますね。それと、何か欲しい物はございますか？」

「……水が飲みたいわ」

「お水……そういえば、お医者様からデイジー様がお目覚めになったら、セントジョーンズワートを服用するようにとの指示が出ているのです。ですから、それの温かいハーブティでもよろしいでしょうか？」

「ああ、そうなのね。それでもいいわ。ありがとう、ケイト」

そうしてあらかたやりとりを終えると、ケイトは立ち上がって一礼してから、私の部屋を辞したのだった。

一人になってみると、窓の向こうから聞こえる小鳥達の囀《さえず》りしか聞こえなくなった。

ケイトには制止されたけれど、私は上半身を起こすことにした。枕を背に移動させてそれをクッションにしてもたれかかる。

そうして窓に顔を向けると、小鳥達は三羽確認できて、彼らは楽しそうに小枝をぴょんぴょんと飛び跳ねながら、じゃれ合っていた。


……いいなあ。


小鳥達の無邪気な様子に、私はぼんやりとそう思った。

あの子達は悩みもなさそうに、あんなに楽しそう。それに比べて私は……。

陛下に言われた「内密に」との言葉と共に知らされた、この国を脅かすかもしれない衝撃的な事実を、私は一人で抱えている。

もちろん、一緒にいたお父様は同じ秘密を共有しているのだけれど。

……でも、秘密を抱えているのって辛いわ。

そう思った瞬間、片方の瞳から、ぽろりと涙が零《こぼ》れた。

戦争だなんて。

それに、私の力が生み出した物を、戦争のために提供して欲しいだなんて。そもそもウーウェンを迎え入れたときから、知らず知らずのうちに関わっていたなんて。

どうするのが正しいのだろう。

思い返してみれば、私は錬金術師となってから、この問題に何度か向かい合っている。

陛下に、自白剤の作成を依頼されたときもそう。

あのときはまだ私は幼すぎて、「二度と作りたくありません」という意図の言葉で、恐れ多くも陛下を拒絶したんだっけ。

そうして、王都にアトリエを開いてから、近所にアトリエを開いていたアナさんと出会った。

私は、彼女に「力の使い方がわからない」と。「人を傷つける可能性のある物は作りたくない」という意図の悩みを打ち明けたのだ。

アナさんは、そんな私の悩みを受け止めてくれて、それに対するアドバイスを優しく諭してくれた。そして、私は彼女にお師匠様になってもらったのだ。

「……アナさんに会いたい」

私は自然と口を開いて呟いていた。

でも、陛下には「内密に」と言われている。

相談するにしても、悩みを聞いてもらうにしても、陛下の許可が必要よね。きっと国家機密レベルのお話だから、迂闊《うかつ》に漏らしても、アナさんに迷惑がかかるかもしれない。

私は、ふう、とため息を漏らす。

すると、部屋のドアがノックされ、ケイトの声で「お母様をお連れしました」と伝えてきた。

「どうぞ」

私がドアの向こうの二人に応えると、ケイトがドアを開け、お母様が先に部屋に入ってきた。

「……デイジー！」

私の顔を認めて、部屋に入るなり泣き出しそうだった表情は徐々に喜びに変わり、お母様が私のいるベッドへと足早にやってきた。そして、一度ぎゅうっと私を抱きしめた。

それから、ベッドの横にある椅子に腰掛けて、お母様が私の両手を取って手で包み込んだ。

「お母様。ご心配をおかけしてしまって、すみません」

「いいのよデイジー。あなたが無事に目を覚ましてくれて嬉しいわ」

お母様はそう言って、私の手を握っていた手を解くと、再び私の体を包み込むように腕を回して、私を抱き寄せ、頬擦《ほおず》りをしてくれたのだった。

そうしてしばらく、私とお母様は抱きしめ合っていた。

……久しぶりのお母様の体温。温かくて安心するわ。

子供の頃の温かい記憶を呼び起こされて、私はそれにようやく安心感を取り戻して、お母様の腕の中でまぶたを閉じた。

やがてその温《ぬく》もりに少し落ち着いたのか、不安や悩みに揺れていた私の心も和らいでくるのを感じる。

「奥様、デイジー様。お医者様から指示のあったハーブティをお淹《い》れしても？」

「ええ、お願い」

ケイトがお母様の背後から声をかける。それにお母様が同意した。それを聞いて私も閉じたまぶたを開く。

「ケイト、ありがとう」

ハーブティを淹れる道具達を載せた、車輪付きの小さなテーブルを持ってきてくれたケイトに、私は感謝の気持ちを伝える。

すると、ケイトは早速ティーポットにセントジョーンズワートの乾燥ハーブを入れる。黄色い花の部分も含んだ鮮やかなハーブだ。

「お礼には及びません。ご家族にとっても、使用人達にとっても大切なデイジー様です。早く健やかになっていただくお手伝いができるのは嬉しいですよ」

そう言って目を細めるケイトの表情は優しい。

……私の心配をしてくれる家族や使用人に囲まれて、私は幸せだわ。

そう思うと、まだ強張《こわば》っていた顔や体の力が緩んでくるのを感じる。

そうだ。さっきセントジョーンズワートを飲むように指示があったと聞かされた。なら、私は陛下から打ち明けられた事実によって、不安とか気鬱の症状が出ているのかしら？

私はかつて王妃殿下から『植物大全』をいただいていて、その本に書かれていたハーブの効用を覚えていた。ちなみに名前の由来は、ハーブによる治療に多大な貢献をした、偉大な薬師の名前なんですって。

「お母様。私は気鬱か何かなんですか？」

私がお母様に尋ねる。

「あら、さすがと言ったところかしら？　詳しいわね、デイジー」

お母様が目を軽く見開いて驚いた様子を見せた。

「お嬢様は昔から植物にとてもご興味をお持ちでしたものね」

そう言って、横でケイトは私のハーブティの準備をしている。ベッドの上で飲食するための小さなテーブルを私の前に置き、その上にティーソーサーとティーカップを載せ、中にハーブティを注いでくれた。

「さあ、どうぞ」

そうしてケイトにハーブティを勧められた。

「ありがとう。いただきます」

口に含むと、少しの苦味とすっきりとした香りが口の中に広がる。

ハーブティが胃の腑《ふ》におりて、その熱が体を芯から温めてくれる。その感覚に私は、ほうっと一つ息を吐いた。

そんな私の横で、お母様がさっき私の投げた疑問に答えてくれる。

「お医者様の見立てだと、急にストレスがかかって、一時的に気力が落ちているんでしょうって。あなたが倒れたときに、お父様がちょうどうまく抱き止めてくれたらしくて。不幸中の幸いとでも言うのかしら。頭をぶつけたり他の場所を打ったりはしていないらしいわ」

続けて、「さあ、飲んでちょうだい」と言ってお母様が促してくるので、私は残りも全て飲み干した。

すると、温かいハーブティに胃を刺激されて、私のおなかが、くぅっと鳴った。

「あら。体が食べたいと言い出しているのかしら。だったらいいことだわ」

お母様がその音に目を細める。

「奥様。デイジー様はしばらくおなかに何も入れていらっしゃいませんでした。厨房《ちゅうぼう》の者に、柔らかな麦がゆなどを作らせてはいかがでしょう？」

「それはいいわね。デイジー、それは食べられそうかしら？」

ケイトの提案にポンといい考えだとばかりに両手を打つお母様。そんなお母様が私の方に向き直って尋ねてきた。

「はい。大丈夫です。……麦がゆってなんだか懐かしいです」

五歳の『洗礼式』のあの日、この部屋に私が泣いて閉じ籠もった。そのあと、一日以上は経《た》ってからようやく部屋を出た私に、同じように麦がゆが出されたことを、私は思い出していた。

そうしてクスッと思い出し笑いをしながらお母様の方を見る。すると、お母様も思い浮かんだことは同じだったのか、その口元には微笑みが浮かんだ。

「じゃあケイト、お願いね」

「かしこまりました」

ケイトは小さなテーブルから、私のベッドサイドのテーブルに、飲み水が入ったピッチャーとグラスを置く。そして私とお母様に一礼してから、持ってきたテーブルを押しながら部屋を出ていったのだった。

それと入れ違いと思うくらいの、ほんの少しあと、部屋の外からドアをノックする音が聞こえた。

「デイジーお姉様。お加減はいかがですか?」

その声は、我が家の小さな妹のリリーの声だった。

「あら、リリーがお見舞いに来たわね。あの子ったら、デイジーがまだ寝ている間も、『お姉様は大丈夫かしら』とソワソワして落ち着きがなかったのよ。入れてあげても大丈夫かしら? デイジー」

「はい、大丈夫です」

なんとなく、お母様とケイトと話している間に心も軽くなってきたので、その申し出に私は頷いた。

「じゃあ、入れて顔を見せてあげましょうね」

私にそう答えると、お母様が私に頷き返す。

「リリー、入ってらっしゃい。デイジーは目を覚ましたわよ」

ドアを隔てた向こうに声をかける。すると、お母様付きの侍女のエリーがドアを開け、そこを通り抜けてリリーが私のいるベッドに向かって足早にやってくる。

「デイジーお姉様！」

リリーは起き上がっている私を見て、嬉《うれ》しさを顔いっぱいに表しながら私の名前を呼ぶ。

「デイジーお姉様！　目を覚ましてくれたのですね！」

お母様の隣に並ぶと、リリーが嬉しそうに私の手元に手を伸ばした。

「心配してくれたのね。ありがとう、リリー」

私は手を伸ばしてくるリリーの方に手を差し出す。すると、笑顔のリリーがぎゅっと私の手を握ってくれた。まだ小さな手が、私の手をしっかりと握り返してきた。

「お加減はどう？　お姉様」

リリーが若干不安そうな顔をしながら、首を傾《かし》げて私に尋ねてくる。

「お医者様が指示してくださったハーブを飲んでいたら、きっと良くなるわ」

お母様はリリーを安心させようとしているのだろうか。リリーの頭を撫でながら優しく説明したので、私も笑顔を浮かべてリリーに向かって頷《うなず》いた。

それを聞くと、リリーの曇った顔が、明るくなっていく。

「じゃあ、お姉様！　元気になったら、私の研究についてお話をさせてください！」

リリーは、国民学校の錬金術科で教鞭《きようべん》を取っている、ホーエンハイム先生のお宅のアルフリートのところへ訪問して火薬、特に花火の研究をしている。その成果を説明したいのだろう。

「わかったわ。お医者様からベッドから出てもいいってお許しが出たら、ゆっくり聞かせてもらうわね」

私がにっこりと笑って答えた。

すると「やったぁ！　約束ですからね、お姉様！」と言って二人で指切りでの約束を私にねだる。

そして、それを終えると、エリーを連れてぱたぱたと部屋をあとにした。

「あらあら、リリーったら。最初の頃より落ち着いたと思っていたら、あなたが目覚めたら興奮しちゃって」

走って戻っていくリリーの様子に、お母様は「仕方がないわね」といった様子の優しい笑みを浮かべている。

「じゃあ、私も一度お暇《いとま》しようかしら。じきにケイトが粥《かゆ》を持ってきてくれるわ。ゆっくり休んでね。また来るわ」

「はい。お母様、ありがとうございます」

お母様が、私の頭をひと撫でしてから、腰を上げる。そして、私のベッドに置かれていた簡易テーブルを退けてくれた。

そして、私のベッドから離れようとして一度背を向けてから、私の方に向き直った。

「ああ、そうだわ。あなたのアトリエには、使用人からあなたがうちでしばらく静養することになりそうだと連絡してあるの」

「ご配慮ありがとうございます。連絡がないと、みんなびっくりしますものね」

「でしょう？　でね、あなたの状態が落ち着いたら、お見舞いに来たいとみんな言っていたそうよ。落ち着いたら、来ていただいても大丈夫だと連絡しましょうね」

「はい」

「じゃあ、ゆっくり休んでちょうだい」

そう言うと、お母様は今度こそ部屋をあとにした。

パタン、とドアが閉まる音がして、私は部屋に一人になった。

「ふー」

二日も寝ていて、急に喋《しゃべ》ったからだろうか。

軽い疲労感を覚えて、私はまだベッドに横になった。

でも。


……家族は温かい。

そして、具合が良くなったらお見舞いにと言ってくれるアトリエの仲間達も優しいわ。

「ねえ、リーフ。来てちょうだい」

彼の温もりが欲しくて、子犬のような姿でベッドの脇に伏せをしていたリーフに声をかける。

そして、上掛けを半分めくって私の横をポフポフと手で叩いて、「ここにおいで」と指し示す。

その音にリーフが顔を上げて、むくりと起き上がる。そしてたんっと床を蹴ってベッドの上に乗る。

「デイジー様。この小さき姿のままで良いですか？　それとも大きい方が？」

リーフは聖獣フェンリルだ。大きな姿になると、大人の男性よりも体長がある。そして、今のような子犬ほどの愛らしい姿にも変化《へんげ》できるのだ。

問いかけてくるリーフに、私は首を横に振って答える。

「今のままでいいわ。一緒にいてくれるだけで温かいもの」

私はリーフを抱き寄せ、上掛けが私達を覆うようにかける。

そうして、頼んでおいた麦がゆができ上がるまで、リーフの温もりに癒され、うとうととしながら待ったのだった。


そうして微睡《まどろ》んでいると、食欲をそそる香りが微《かす》かに鼻先を刺激した。

その刺激に薄く目を開けると、ベッド脇に人影がある。

「ケイト」

私はパチリと目を開けて、彼女の名を呼ぶ。

「ああ、お気づきになりましたか。お食事の用意ができておりますが、召し上がれそうですか？」

「うん。どれくらい食べられるかわからないけれど……食べたいわ」

私が起き上がりながら答えると、ケイトがにっこり笑って頷く。そして、私が身を起こすのを手伝ってくれた。

「じゃあ、準備いたしますね」

お母様が退室する前に退けた簡易テーブルを、ケイトがまた私の前に置いてくれる。

リーフはそれを見計らって、その前にベッドから下りていった。

ケイトが移動式の小テーブルに載ったお皿から、シルバーのディッシュカバーを外す。そして、私の目の前に置いてくれた。

すると、さっき鼻先をくすぐった香りが、もっと強く私の周りに漂ってきて食欲をそそる。

「いい匂い！　美味《おい》しそうだわ！」

粥といっても、麦だけではないらしく、細かく刻んだミンチ肉や野菜、小ぶりの豆が混ざっている。

「栄養をつけていただきつつ消化に良いようにと、厨房担当のボブとマリアが張り切って作ってくれましたよ。さあ、どうぞ」

そう言いながら、ケイトが皿のそばにスプーンを置いてくれた。

「……いただきます」

私は、皆の思いやりに感謝しながら、麦がゆを食べ始めた。

スプーンで掬《すく》った粥をふーっと冷まして、口に含む。

麦もすっかり柔らかくなっていて、優しい味わいが口の中に広がる。

「……美味しい」

味は、五歳のあのときや、病気になったときによく食べた物と一緒。私の胸に懐かしさが込み上げてきた。

「無理せず、ゆっくり召し上がってくださいね。おそばに控えていますから、何かあったら声をかけてください」

ケイトは私にそう告げると、先ほどまでお母様が腰掛けていた椅子を脇に寄せて座った。どうやら私が食べ終わるまで見守ってくれるらしい。

「どうぞごゆっくり」

そう一言告げると、私が気にせず自分のペースで食べられるようにだろう、彼女はポケットから小さな冊子を取り出して読み始めた。


……これなら気を使わずゆっくり食べられるわ。


私は、二日眠っていてまだ動きの鈍い胃が受け入れられる量だけを、ゆっくりと味わって食べた。

しかし、やはり二日も眠っていたからだろうか。半分くらい口をつけたところでスプーンを持った手が止まる。

作ってくれた厨房のボブとマリアに申し訳なく思いながらも、あとは残すことにした。

「ねえケイト」

「はい、デイジー様」

ケイトが冊子を閉じて私に応える。

「この粥はとても美味しかったわ。でも、今の私にはこの量はちょっと多いみたい。残したいのだけれど、ボブとマリアにそのことを伝えてくれないかしら？」

私がケイトにそう言うと、ケイトはにこりと笑って頷いた。

「大丈夫ですよ、デイジー様。デイジー様は目を覚まされてから初めてのお食事なんですから、無理をしてはいけません。デイジー様のお気持ちは、ボブとマリアには私から直接お伝えしておきますね」

ケイトは、手際よく私の目の前にある皿とスプーンを持ってきたテーブルに移動させる。そして、最後に私の前にある簡易テーブルを退けてくれた。

「では、これを片付けて、そのあと厨房《ちゆうぼう》に寄ってきますね」

「ありがとう、ケイト」

ケイトは私に一礼すると、片付けのためにテーブルを押して部屋をあとにしたのだった。

◆

そうして私はまた部屋に一人になる。もちろんリーフは控えているけれど。

そうだ。リーフに聞いてもらおうかしら。

さすがに私の聖獣のリーフだったら、『内密』だけど相談しても大丈夫よね。きっと秘密を共有して守ってくれるわ。そもそも、リーフは私の護衛としてあの会談の場に控えていたのだし。

「ねえ、リーフ」

「はい」

リーフが、むくりと顔を上げて首を傾けた。

「一つ、相談したいことがあるの。いいかしら？」

「もちろん。私はデイジー様の忠実な僕。デイジー様のためであれば、なんでもお相手しましょう」

リーフは頷き、私はその仕草に頼もしさを感じた。

私は、この一人で解を出せそうもない悩みを、自分一人の心に抱えているのは辛かった。

誰かと共有したかった。

だから、口を開いた。

「あのね。私が作った物を、陛下が戦争に使いたいらしいのよ。もちろん、人を傷つけるためじゃなくて、国民を守るため。……それは、リーフもあの場にいたから知っているわよね」

「はい」

「陛下の想《おも》いがそうならば、私は陛下のお申し出に応えて、私のできることをやろうと思うの。……だけどね」

「……はい」

「この国の人を守るということは、……戦争するということは。もしかしたら、相手の国のなんの罪もない人が、傷ついたり……亡くなったりするのかもしれないじゃない。人が亡くなればその人の家族も悲しむわ。私が国の戦力増強のために助力するということは……そういうことなのだと思うのよ」

「……それは、そうなのかもしれません」

リーフが、私のことを気遣わしげに、その宝石のような瞳で見つめている。

「ねえ、リーフ」

「はい」

「私はどうするべきなのかしら。何が正しいことなのかしら。何が正解なのかしら。……私は、あの自白剤を作って、その結果を知ったときから、何も成長していないのかもしれない……」

「デイジー様……」

リーフは私の名を呼ぶと、ぽんと私のベッドに上がってきて、私の横に寄り添った。

彼の温《ぬく》もりが優しい。

「デイジー様」

「なあに？」

「私は、あなたの僕。あなたが決めたことであれば、私はなんでもあなたに忠実に従いましょう」

「……ありがとう」

でもそのあと、「ですが」と切り替えて、リーフは首を横に振った。

「私はあなたの僕なのです。あなたの導き手ではないのです」

「……」

その言葉に、私は一瞬差し伸べられた手を振《ふ》り解《ほど》かれたかのように感じた。

「ああ、そんな顔をしないでください」

リーフが少し慌てた様子で私に頬《ほお》擦りをして慰めようとする。

「言葉の選択をいささか誤りました。私はあなたを導けない。ですが、あなたは一人ぼっちではないはずです」

「……それは……？」

「アナスタシア殿や、そうですね……教科書なる物を書かれたときにデイジー様がお世話になった、ホーエンハイム殿。デイジー様には、そういった錬金術の先輩方がいらっしゃるじゃないですか」

「そういえば、そうね……」

「私などではなく、そういった方々に相談してみてはどうでしょう」

リーフは、まっすぐに私を見つめて、そうアドバイスをくれた。

「あともう一つ」

「なあに？」

「私はデイジー様に、べき、ではなく、こうありたいという想いで決めて行動していただきたいと、思うのです。それがデイジー様らしいと、そう思うのです」

「……リーフ……」

それはほんの少しの言葉の違い。

けれど、リーフのその言葉は、私にほんの小さな、けれど確かな気づきを与えてくれたのだった。

「私がこうありたい、かぁ……」

リーフと話してしばらくしてから、私は斜め上の天井を眺めて、リーフの言葉を反芻《はんすう》した。

ぼんやりと呟きながら、私はそばに寝そべっているリーフの頭をずっと撫でている。無意識に撫でている彼の毛は柔らかく、体温は私より高い。

ときおりすぴー、すぴーと聞こえる寝息が可愛《かわい》らしい。

彼は私にアドバイスと彼自身の思いを告げたあと、まるで私に一人で考える時間を与えるかのように眠ってしまった。

「私が望むあり方。すべき、じゃなくて……」

自分のおでこに手の甲を添えて、うーんと私は考え込む。

アトリエのみんなと、笑ってお店経営したいわ。

……何をしたいかと聞かれれば、私はみんなに笑顔でいて欲しい。そんな、ささやかだけど大切なものを守りたい。

マーカス、ミィナ、カチュア、アリエル、ルック、ウーウェン。そしてピーターとアリス。畑のみんなも大事。

リコを中心とした緑の妖精さん達。マンドラゴラさんに、世界樹。そして私を手助けしてくれる様々な素材達。

家族にも笑っていて欲しいわ。

お父様、お母様、お兄様にお姉様。それに小さなリリー。

セバスチャンやケイトを筆頭にした使用人達にも笑顔でいて欲しい。

王家の方々。私が五歳のときから見守ってくださる陛下に王妃殿下。そして王子殿下と王女殿下。

そして、城で働く人達も。

商談でよく会う軍務卿、財務卿、宰相閣下に、鑑定士のハインリヒとか。

王都の人達もそうだわ。

マルクにレティア。

アナさんにリィン、ドラグさん。

ホーエンハイム先生とそのご家族達。

アトリエのお客さん達。

商業ギルドの人達。

最近会っていないけれど、可愛い冒険者服の店主のマリリンさんや、そのお母様のバルバラさん、妹（？）さんのダイアナさん。

糸紡ぎと機織りのララとルルの姉妹。

そうそう、素材採取に出た先々で出会った、この国に住む人達もいる。

ルックの故郷の村人達や、海遊びをした南の町の人達。

「みんなの笑顔を守ることって、できないのかなぁ……」

私は人々の顔を思い浮かべながら呟《つぶや》く。

錬金術師。それは、自然の理《ことわり》を理解し、自然にある物の価値をもっと有用な物に変換する者。そんな私に何ができるのだろう。

「みんなを守りたい」

でも、錬金術師の一人でしかない私。

「私に、そんな大それたことができるのかしら？」

近くに小さい姿のリーフしかいないベッドの中で、私は呟いた。

そんな私に、リーフが、ぺろりと頬を舐《な》めた。

「できるかできないか。……簡単に諦めたり、決めつけたりしてはいけませんよ」

そうして私の傍らにいた彼は、少し位置を上げて、私の脇へと移動する。そして私の片腕に顎を乗せた。

私の腕を枕に、リーフが顎を乗せている状態だ。

「そうね。諦めたりしないで、どうしたらできるのかを考えるわ」

「それがデイジー様らしい」

私達はふふっと笑い合い、そして私はまた眠りに落ちていくのだった。

第五章　デイジーの模索

次に私が目を覚ましたのは、部屋の扉をノックする音で目を覚ましたリーフが、警戒して立ち上がったから。

上掛けが持ち上がり、その隙間に冷気が入り込み、その刺激で私は目を覚ましたのだ。

「デイジー、起きているかい？」

扉の向こうから聞こえる声は、お兄様のものだった。

「研修が終わったから、お見舞いに来たのよ。今、大丈夫かしら？」

続いて、お姉様の声もする。

「はい、大丈夫です。お心遣い、ありがとうございます」

そう私が答えると扉が開く。それと同時にリーフは床にひょいっと飛び下りた。

開いた扉からお姉様が先に、続いてお兄様が入ってきて、お兄様が扉を閉めた。

「お父様がデイジーを連れて帰ってきたときは驚いたよ」

「本当ですわ。デイジーはぐったりして起きる気配もありませんでしたし」

そう言いながら、二人は私のベッドの方へ歩いてきた。

「ご心配おかけしてごめんなさい。さっき、粥《かゆ》も食べられたんですよ」

私は少しでも元気そうに見せたくて、にこりと笑って彼らに伝える。

二人は、ベッド脇にある椅子をそれぞれ引き寄せて腰掛けた。

「そうか。食べる意欲があるというのはいいことだね」

お兄様がほっとしたように笑顔を見せた。

「あのときより顔色もよくなっているようだわ」

お姉様が身を乗り出して私の顔を覗き込み、にっこりと微笑みかけてくれる。

「あのね、デイジー」

「はい」

「私達は、お父様から『今デイジーが抱えている問題は、軽々しく相談して、と言っていい問題じゃない』と言い聞かされているんだよ」

お兄様が、眉尻を下げながら私に告げる。


……それはそうだろう。戦争が起こるかもしれないなんて、国家機密だから。


「そうなの。だから、お父様の許可をいただかないと、あなたの相談にも乗れないのよ。……姉として悔しいのだけれど」

お姉様は不服そうに口角を下げた。

「「でも（ね）！　私達は、デイジーの味方だから（ね）！」」

そう二人で揃《そろ》って告げて、二人して私の手を握ってくれた。

「お兄様、お姉様……」

それでも、彼らの気持ちが温かくて、嬉しくて、私は目尻に涙が滲《にじ》むのを感じた。

「……ありがとう」

そう告げて、私は彼らの手をぎゅっと握り返すのだった。

そのあと、私の体に負担をかけないようにと、早めに二人は部屋をあとにした。


そして夜になった。

私はまだ自室でゆっくりとしているようにとお母様に言われ、ケイトの持ってきてくれた、具材や味付けを変えた粥を食べて夕食を済ませる。

前回よりも胃が慣れたのか、作ってくれた粥は完食して皿を返すことができた。

やがて、お父様も城から帰宅されたのか、「デイジー、今いいかい?」と声をかけながら扉をノックしてきた。

「どうぞ、お父様」

返事をすると、扉を開けてお父様が部屋に入ってきた。

「ああ、良かった。ようやく目が覚めたって聞いたよ。気分はどうだい?」

私の方に歩いてきながら、お父様が尋ねてくる。

「はい。夕食では出してもらった粥を完食できました。……考えることはありますが、気分もだいぶ落ち着いてきたみたいです」

私が回答していると、それを聞きながらお父様がベッド脇にある椅子に腰掛ける。

「そうか、それは良かった。……今更と思われても仕方がないが、デイジーにはすまないことをしたと思っているよ。まだ、たった十三歳なのに。あんな話に付き合わせてしまって……」

お父様が私の頬に手を添える。

「いいえ、私はお父様を恨んだりはしません。確かに私はまだ十三歳。でも、いつか考えることが必要なことだったのでしょう。それが少し早まっただけ……多分、自白剤のときと同じです」

私は、私の頬に添えられたお父様の手に、私のそれを重ねて、首を横に振った。

「デイジー……。君も成長したね。自白剤……あのときも君には辛い選択をさせた。あのときから家を出て、見違えるほど成長したね。……親の知らない間に、子供とはあっという間に成長するんだな」

「いいえ。成長なんてできていません。まだ、答えは出せていないんです」

そう言って、私はお父様にまっすぐに視線を重ねた。

「お父様。私はまだ自分がどうしたいのか答えを出せていません。その導きをいただくために、私の師匠のアナスタシアさんや、国民学校の件でお世話になったホーエンハイム先生に教えを乞いたいのです。……彼らにそれを話すことを、陛下からお許しをいただいてきていただけませんか?」

「……なるほど。彼らならば、適任と言えば適任か……」

お父様は私の願いを聞いて、空いている手で顎に手を添えて「うーん」と唸《うな》る。

「多分、ホーエンハイム先生の方が話は通しやすいだろう。加えて、アナスタシアさんについても、陛下に伺ってみよう。デイジーの心の負担をなるべく早く軽くできるよう、陛下には明日にでも願い出てみるよ」

「ありがとうございます。お父様」

「それぐらい、お父さんとしては当たり前のことだ。……むしろ、これくらいしか力になれなくてすまないね、デイジー」

そう言うと、お父様がふわりと私を抱きしめた。

私もぎゅっとお父様を抱きしめ返した。

◆

そして数日後。

お父様がお招きしたそうで、私がお願いした日から最初の錬金術科の授業のない日に、ホーエンハイム先生が我が家に来てくださった。

……陛下にお許しをいただいたにしては、早いなあ。

内密の話だし、許可を取るのに手間取ると思ったんだけれど。

そう不思議に思いながらも、体を締め付けない、ゆったりとしたワンピースに着替えてお会いすることにした。

　本来は、お客様をお招きするならもう少しきちっとした方が礼儀にかなっているのかもしれない。けれど、そこは私がまだ病み上がりなので、お母様が心配してこの服にするようにと指示をしたのだ。

「ホーエンハイム先生、お久しぶりです」

「ああ、デイジー嬢。君の話は聞いているよ。かわいそうに。まだ幼いのに、国のためとはいえ、辛い立場に立たされてしまったね」

　そう言いながら、私達は応接室のソファに対面で腰を下ろした。

　ケイトが、私達二人に茶菓子と紅茶を淹《い》れて、部屋をあとにした。

　話が話なので、二人きりに、という理由で。

「それにしても……『話は聞いている』だなんて、随分早いんですね」

　対面の挨拶の言葉に疑問を感じて、私は不思議に思ったことを尋ねてみた。

「我が家も錬金術師としては名のある家だからね。打診があったんだよ」

「打診……ですか？」

「そう。ポーションの増産と……孫のアルフリートの火薬を戦争用に多めに納品してくれないかと頼まれたんだ。だから、我が家もその秘密はすでに知っているんだよ」

「え、でも、アルフリート君って、まだ……」

「ああ、八歳だ」

「アルフリート君は、どう答えたのでしょうか……？」

私は、震える声で尋ねた。

彼はまだ、リリーやルックとも、そう歳の変わらない少年だ。火薬に関しては天才といっていい腕を持つものの、まだ幼い錬金術師。けれど、その才能は国にまで認められていて、鉱山開発用の火薬を国に納品している。

そんな幼い少年に、さらに戦争のための火薬を納品して欲しいだなんて。


……まるで自白剤のときの私のよう。


陛下への怒りだろうか、軽蔑だろうか、落胆だろうか、悲しみだろうか。

そんな、いろんな思いがない交ぜになって私の胸を掻《か》き乱《みだ》す。

「ああ、デイジー嬢。そんな顔をしないで。アルフリートは断ったよ。『絶対に戦争なんかには使わせない！』と啖呵《たんか》を切ってね。まあ、子供の癇癪《かんしゃく》のような物言いでこちらはハラハラさせられたけれどね」

ホーエンハイム先生は、苦笑いと共に肩を竦めた。

「断った？」

私は、心の中に渦巻いていた黒い気持ちがすとんと消えて、一瞬呆《ほう》けたようにキョトンとしてしまう。そして、アルフリートの顛末《てんまつ》がとても気になった。

「それで、陛下は？」

「お咎《とが》めなんかなしさ。無理を言ってすまなかったと、謝罪をされて終わりだよ。……陛下はそういう方だよ」

「え……？　それだけ、なんですか……？」

「ああ、陛下はそもそも火薬を使うことは想定されていない。まずは抑止力として保持しているという事実を作りたかっただけらしい。まあもちろん、それで済まなかった場合は、大砲の火薬として使わざるを得ないのだろうけれどね」

「……それで……」

「まず、まだ幼いアルフリートに、物騒な話題に巻き込んだことを謝罪されていたよ。そして、今までどおり、納品は鉱山開発に必要な量のみで良いとの決定を下された」

「……そう、なんですか……」

私は驚いた。

なぜなら、アルフリートの「嫌だ」と言う拒否を、陛下がお認めになったと聞いたからだ。

ならば、私にも『申し出を受ける』と、『断る』の二つの選択肢があるのかもしれない。

わずかな光明、自由が見えた気がして、私は少し心が軽くなった。

ところが、ほっとしたのもつかの間、ホーエンハイム先生の顔つきが変わる。

「まあ今は、アルフリート本人がいないから言えることだけれどね。……ここからはあれよりは大人のデイジー嬢向けの話だ。ちゃんと向き合えそうかな？」

ホーエンハイム先生が、私にこの先を聞く覚悟を確かめるかのように、首を傾けた。

なんだろう。

先生の顔はとても真剣だ。

「……はい」

私はごくりと固唾を呑んで、頷《うなず》いた。

「『自分が作った火薬を戦争に使わせない』、アルフリートの望みは叶《かな》った。だから、あれは、自分の作った火薬で人が傷つくことで、心を痛めることはないだろう。まだ八歳のあれには受け入れ難い申し出のはずだ」

「……そう、ですね」

私が頷くと、ホーエンハイム先生も、うん、と一つ頷いた。

「だがもし、彼の国が戦争を仕掛けてきて、我が国が劣勢になったとしたらどうだろう？」

「……え？」

「もしもの話だよ。あの子はまだ幼い。だから、そこまで諭さなかったのだけれどね。もし、自分ができることをなさなかったために、国の人々が傷ついたり亡くなったりしたらどう感じるだろう。もしその中に自分の家族が一人でもいたら？」

ホーエンハイム先生の問いかけが終わると、二人しかいない部屋の中がしいんとなる。

私にとってその問いは思いもかけないもので、答えをすぐには出せなかったからだ。

……もし、戦争になったとき、私ができたはずの手助けをしていなかったら。

「……私は、後悔すると思います。多分、……申し出を断ったときの自分を責めると……思います」

私は、ゆっくりと答えた。

「そうだね。多分、良心を持った者であれば、そう思うんだ」

「……ホーエンハイム先生！　だったら、それなら……！　最初から答えなんかないってことじゃないですか！」

私には、どちらを選んでも希望なんかないように思えて、思わずソファから立ち上がって大きな声で訴えた。

だって……！

助力をすれば、他国の人を傷つけたことで後悔する。

助力を断れば、自国の人がもしかしたら傷つき、後悔する。

どちらにしても、後悔する結果を免れないのだ。


……どうしたらいいのよ！


「あ……！」

また胸がぎゅっとして、私は胸を押さえる。

「デイジー嬢、落ち着いて……」

ホーエンハイム先生が立ち上がり、私の両肩を支えて私をソファに座らせる。

「誰か！　デイジー嬢の具合が悪そうだ。誰かいませんか！」

私を落ち着かせようと、ホーエンハイム先生が私の背を撫でながら、大きな声で部屋の外に助けを求める。

バタン！　と音を立てて扉が開いて、ケイトが姿を現した。

「デイジー様！　どうなさいました？」

「ちょっと……また苦しくなっちゃって……」

私はそばまでやってきたケイトに縋《すが》り付《つ》く。

「……すみません。私がデイジー嬢にお話ししたことは、彼女にはまだ早いことだったかもしれません。……デイジー嬢は、私の言葉にショックを受けられて、苦しくなられたようです」

「そうですか……。デイジー様、このあとどうしましょう？　お客様とのお話は後日ということにして、お休みになりますか？」

「うん、そうしたい……」

そう言いながら、申し訳ないと思ってホーエンハイム先生を見上げた。

先生は、「大丈夫」とでも言うように、優しい笑みを浮かべながら頷いてくださった。

「では、私はお暇《いとま》しますね。デイジー嬢、ゆっくり休んでください。選択権は君にある。……悔いのない選択を、ね」

「……はい」

ホーエンハイム先生の言葉に答えると、先生が部屋を出る。ちょうどセバスチャンも騒ぎを聞きつけたようで、帰る先生をお見送りに行くようだ。

私は、ケイトに支えてもらいながら、自室に戻るのだった。

リーフも、心配そうに私の横に寄り添いながら歩き、くぅん、と鳴いた。

◆

その日の夕方。

仕事から帰ってきたにしては早い時間に、部屋の扉の向こうからお父様の声がして、それと一緒にノックが聞こえた。

「お父さんだけど、具合の方はどうだい？」

「お父様。ええ、だいぶ落ち着きました。……あの、お父様」

私とお父様は扉越しに会話をする。

「なんだい。デイジー」

「お時間があったら、お父様とお話がしたいんです」

今日、ホーエンハイム先生から聞いたこと。

……力を持つ者が負うものについて、お父様とお話がしたい。

確か、自白剤のときにもお父様とその話を語り合ったことを思い出す。

だから、扉の向こうにいるはずのお父様にお願いをした。

返事はすぐに返ってきた。

「……もちろんだよ、デイジー。開けてもいいかな？」

「もちろんです」

お父様が私の部屋の扉を開ける。

そしてそこには、優しいお父様の笑顔があった。

優しく微笑みかけながら、お父様は私の部屋に足を踏み入れた。

私はそのお父様をベッドで上半身を起こした状態のまま受け入れる。

お父様はそんな私の元へゆっくりと歩いてやってきて、前に座ったベッド脇に置いてある椅子に腰を下ろす。

「ホーエンハイム先生とお会いしたんだってね。……デイジー、君がショックを受けたというのは彼から聞いたことが原因かい？」

「はい。……あの、その……」

あの衝撃の、互いに矛盾し合うとも思える選択肢。まるで二律背反《アンチノミー》だ。

私は、それを、どうお父様に話し出そうかとしばらく逡巡《しゅんじゅん》する。

幼い日のあのとき、のことが、私の脳裏をよぎった。

……自白剤。そして力の使い方。

そうだ。やはり私はあれに囚《とら》われている。

そして、あの経験から自分なりの解を導き、心を定めることができていないのだ。

「お父様」

「うん」

やっと言葉を発した私に、お父様は穏やかにただ返事だけをしてくれた。

「ホーエンハイム先生に聞いたんです」

「うん」

「私達錬金術師は、国王陛下の申し出に応じれば、他国の人を傷つけたことで後悔するかもしれないんです」

「……それは、そうかもしれないね」

「そして、申し出を断れば、自国の人がもしかしたら傷つき、後悔することになるかもしれないんです」

「……デイジー……」

お父様が私の名前だけを呼んで、その片腕を私の方へと伸ばしてくる。

手が、私の頬《ほお》に添えられる。

……温かい。

その温《ぬく》もりに、私の揺れている心が少し慰められたような気がして、私はそっとまぶたを閉じた。まぶたを閉じると、静かな室内では自然とそのお父様の手のひらの温もりしか感じることはなくなった。

私は一つ大きく息を吐き出し、そして大きく胸に新しい空気を吸い込んだ。

そうして、閉じていたまぶたを開ける。

すると、自然とお父様と目が合った。

「ねえ、デイジー」

「はい。お父様」

今度はお父様から話を切り出されたので、私は頷いて答えた。

「……昔も言ったよね。それは、錬金術師も魔導師も同じなんだよ」

「どういうことですか？」

私はお父様に尋ね返す。

「力を持つ者のうち、良心を持つ者がぶつかる壁、いや一度は悩むものなんだ。そしてそれは、ごく自然なことなんだよ」

「……良心を持つ者の壁？　やっぱりあのときと同じく錬金術師も魔導師も同じなんですか？」

私は自白剤のときのことを思い出して、お父様に再び尋ね返す。

「そう。デイジーは錬金術。お父さんは魔法。まあ、レームスもダリアもだね」

「……お父様やお兄様、お姉様と同じ……」

私がそう呟《つぶや》くと、お父様は「そうだ」と言うように頷いた。

「力を持つ者は、その力をどちらの方向にも使えるんだよ。そして、自分の手から離れて使われることもある。善き方にも、自らが望まぬ方にも。そして、その使い道は必ずしも自分の意志だけで方向が決められるとは限らない」

「……善き方……自らが望まぬ方……」

「うん」と言ってお父様が再び頷いた。

私を諭しながら、まだ私の頬に添えられたお父様の手のひらが温かい。その温もりは私に落ち着きを与えてくれる。

「デイジー。君はそれが起こってしまう前に気がつくことができた。それはまだ救いのあることなんだよ？」

「……救い……ですか？」

私はよくわからずに、首を傾けた。

「うん、デイジー。君は、今そのことに気づくことができた。それは、全てを制御《コントロール》できるとは限らないけれど、多少なりとも自分の意思で選べるということだ」

「……選ぶ。自分で」

「そうだ。自分でだよ」

少し突き放されたような気持ちが一瞬脳裏をかすめる。けれど、頬に添えられたお父様の温もりが「そうではない」と言外に伝えてくれているようで、私は、そのまま落ち着いて会話を続けることができた。

「自分で選ぶことで、何を選び取り、何を捨てるか。その結果、可能性として何を背負うことになるのか。それを、ある程度選択することができるんだ」

「選び取る……捨てる……背負う……」

そうして私はまた口を閉じ、逡巡する。

そんな私を、お父様はただ黙って見守ってくれていた。

「……難しいんですね」

ようやく口を開いた私から出た言葉はただそれだけだった。

「うん。難しい」

でも、お父様も同じようにシンプルに返してくれて。

「デイジー。彼の国との戦争は今すぐに起こるというわけではない。……ゆっくりと考えなさい。自分のために。自分が後悔しないように」

「……自分の、ためですか」

「ああ、そうだ。そして、おそらく陛下はデイジーが決めた結論を尊重してくださるだろう。……

「あの方はそういう方だから」

そう言葉を紡ぐお父様の表情は穏やかで、陛下への厚い信頼感を窺《うかが》わせる。

「さあ、デイジー。少し話が長引いた。そろそろ休みなさい」

頬に添えられていた手が下りて、上半身を横にするようにとでも言うように、そっと私の肩に添えられた。

「……はい、そうします」

私は、お父様に手伝ってもらいながら、体を横にする。

お父様は、上掛けを私の肩まで覆うようにかけ直してくれた。

「……お父様」

私は横になったまま、お父様を見上げて呼んだ。

「どうした？　デイジー」

穏やかで優しい眼差《まなざ》しが私に注がれる。

「……ありがとうございます。……ゆっくり、自分なりに考えてみます」

「……うん。そうするといい。でも、無理は禁物だよ？　いつでもまた、相談に乗るからね」

「はい」

最後に私に言い聞かせると、お父様は私がまぶたを閉じたのを見てとって、足音静かに扉の方へ向かい、部屋をあとにしたのだった。

◆

そうして再び静養のために数日を過ごしたある日のこと。

陛下からの許可が下りたらしい、師匠のアナさんが我が家へ訪問しに来てくれた。

ケイトに案内されてアナさんが私の部屋を訪ねてきた。

「アナさん！」

思わずベッドから出ようとする私を、アナさんが制する。

「全く。気の病で倒れたんだろう。大人しくしていなさい」

その言葉とは裏腹に声音は優しい。彼女はゆっくりとケイトに案内されながらベッドの脇に来て、ケイトに補助してもらいながら椅子に腰を下ろした。

それが終わると、ケイトが私の上半身を起こす手助けをしてくれた。暖かで軽いショールを肩からかけてくれる心遣いが嬉しい。

「大事な話があると聞いたよ。そして、その相談相手に私が必要だともね」

ケイトが紅茶を淹《い》れてくれるのを横目で見ながら、アナさんは来訪の目的を率直に切り出した。

「では、私は失礼しますね」

ケイトは私が今悩んでいる話題には触れないように言い付けられているのだろう。挨拶をしてから部屋をあとにした。

私達はそれを確認してから、会話を再開する。

「……戦争が起こるかもしれないのだそうです」

私は躊躇《ためら》いがちにアナさんに、城で聞いた事実を告げた。

「戦争？　……それはどこだい。……まさか、シュヴァルツリッターとかい？」

シュヴァルツリッター。そこは、アナさんやドラグさん達が生まれ育ち、そして逃げ出した国。

いつしか軍事国家と成り果て、その目的のために錬金術師や鍛冶師といった技術者を、戦争のために収容し、強制労働させた国だ。

だから、彼女にしてみれば、すぐに思い当たったのだろう。

「……はい。シュヴァルツリッターが、隣のハイムシュタット公国と私達の国に戦争を仕掛ける準備をしている気配があるのだそうです」

私は俯《うつむ》きがちにそれを告白して、アナさんに向けて視線を上げた。

すると、いつもは穏やかなアナさんの表情がみるみるうちに、苛烈なものとなっていった。

「……またゲルズズが戦争を始めようっていうのかい！」

アナさんが怒りの形相で、握りしめた拳で自らの膝を叩《たた》く。

……ゲルズズ？

「アナさん……、それは、誰ですか？」

聞いたことのない名前に、私は怒り心頭に発するといった様子のアナさんに尋ねた。

アナさんの形相は怖いものだったけれど、さすがに私達の間で信頼関係は築けていたから、私はそこで怯《ひる》む必要はなかった。

「……錬金術師だよ」

「……錬金術師」

私は思わず彼女の言葉を反復してしまう。だって、そんなことを企《たくら》む人が、まさか自分と同じ錬金術師だなんて。

「そう。錬金術師ゲルズズ。シュヴァルツリッター帝国の現皇帝を操り、事実上の実権を握る男がやつだよ」

アナさんが憎々しげに告げた。


……でも。


わからない。

陛下から聞いた状況と、アナさんの言う帝国のことを聞く限り推測できるのは一つ。

錬金術師が皇帝と共に戦争を画策しているということ。

でも、私にはその意味がわからなかった。

「アナさん。そのゲルズズという錬金術師が戦争をしようとしているのですか？」

私はわからないことをそのまま彼女にぶつける。

「ああ。そうさね。……全てはゲルズズが元凶だよ」

アナさんは、その名を吐き捨てるように告げた。

「全て、って」

何からどこまでを含めているのだろうか。アナさんの言葉の意味は私には全ては汲《く》み取《と》れなかった。

「ああ。全てさ。ゲルズズがシュヴァルツリッターに現れてから、全てが変わったのさ。シュヴァルツリッターの皇帝は、ゲルズズが怪しげな薬で魅了して言いなりだ。さらに私達のような技術者を強制労働させて、軍事国家として力を蓄えている」

アナさんの瞳は怒りで燃えていた。

私は、その怒りに怯《おび》えるよりも、アナさんが告げた、一つ国を隔てたシュヴァルツリッター帝国のあり方に驚いて、大きく目を見開いた。

「……錬金術師が、皇帝を操って戦争をするのですか？」

私には俄《にわ》かに信じがたかった。

「デイジー。錬金術師は人を……特に権力者という者を虜《とりこ》にするほどの力を持つ者なんだよ」

「……力」

また、力だ。

「デイジー。賢者の石とエリクサーを知っているかい？」

アナさんは、錬金術師なら誰でも知っている、でも誰も手にしたことがない、その存在を口にした。

賢者の石。それは、持つ者に全ての知恵を与えるという石。

エリクサー。ときには賢者の石とも同一視される、賢者の石から生み出されるという、不老不死を与えるという妙薬だ。

「知っていますが……それを作り上げた錬金術師はいないと……」

私は首を横に振りながら答えた。

「そうさね。完全な物を作り上げた者はいない」

アナさんが意味ありげな物言いをする。


……完全な物を……？


じゃあ、不完全な物ならば？

「アナさん。完全な物はないってことは……」

私はまっすぐに彼女を見つめた。

「ああ、そうさ。不完全な賢者の石をゲルズズは持っている。そこまではやつはたどり着いた。あれはそれから生み出される不完全なエリクサーを餌に使って、皇帝を意のままに操っているのさ」

その言葉に、私は息を呑《の》んだ。

「あの……アナさん」

「どうしたんだい？」

私は、戸惑い気味に彼女に問いかけた。

「不完全とは言っても、賢者の石とエリクサーを、そのゲルズズという人は作り上げたのですか？」

「……どう言ったものかね」

私の問いかけに、アナさんは口元に手を添えて答えあぐねていた。

「賢者の石という物は、錬金術師が自ら作り方を編み出すか、その極限られた弟子にのみ口伝される。……まあ、それも実際のところ本当なのかは知らんがね」

そう答えるアナさんは、まだどう説明したものかという様子のままだ。

「では、ゲルズズという人は、賢者の石の作り方を誰かに教わったか、自分で編み出したのですか？」

「……まあ、そうなるんだけどね。ただ、その作り方が問題なのさ」

そう言うと、口元に添えていた手の、その指先の爪を忌々しげに噛《か》んだ。

いつも穏やかなアナさんにしては、珍しい仕草だ。

「……作り方、ですか？」

私は、そんな態度をする理由がわからず、アナさんに率直に尋ねてみた。

「……デイジー。驚いちゃいけない。いいね」

アナさんの眼差しが、私を気遣う優しいものに変わった。

きっと、このところショックを受けて心に負担がかかっていることを気にかけてくれているのかもしれない。

「……はい、わかりました」

私はそう答えて、大きく息を吐き出し、そして吸った。

それだけで心は穏やかになるものだ。

「アナさん。お願いします」

「……うん」

そうは言ったものの、アナさんと私の間に暫《しば》し沈黙が漂った。

「……やつの賢者の石の材料がね。問題なんだよ」

「材料が、ですか？」

「ああ、そうだ。錬金術とは、無価値な物から有益な物を作り上げるというのが、基本理念なんだ。そこでやつはある物に目をつけた」

「……それは、なんでしょう？」

私は、まだその答えを自分では導き出せずに、アナさんに尋ねかける。

「魂だよ」

「魂？」

あまりに予想外の答えに、私はオウム返しのようにそのまま言葉を返してしまう。

「前に、シュヴァルツリッターに政変が起こり、軍国主義を掲げる国王が治める国になってしまったと言ったろう。だから、私達は仲間と連れ立って命からがら亡命してきたと」

「……はい」

アナさんの俯きがちな顔を見ると、彼女はギリ、と唇を噛《か》み締《し》めていた。

「……魂とは、まだ個としての価値を持たない純粋で何者でもない物。その魂を得るために……まずは国家簒奪《さんだつ》のために国内で血の粛清を行い、多くの血を流した。その次は他国。多数の国を侵略し、血を流した。そうそう、その頃から帝国と名乗るようになったんだったね」

私はその言葉にぞくりとして肌が粟立《あわだ》った。

「ゲルズズが国王を唆して戦争を起こさせたんだ。……そして、戦死者の魂を得たらしい」

「えっ。それじゃあ、不完全な賢者の石の素材って……！」

「そう。……死者の魂だ。私は錬金術師だから、助手として無理やり手伝わされていたんだよ。そして私は、その賢者の石を見たことがある。極々小さな、でも、禍々《まがまが》しいくらいに、血の色のような赤い宝石だったよ」

そうして、彼女の説明が一通り済むと、再び二人の間を沈黙が支配する。

それを破ったのは、私のそばに控えていたリーフだ。

「アナスタシア。なぜそれを不完全と言われるのです？」

リーフがアナさんに尋ねかけた。

「未完成ゆえに不完全なんだよ。与えられる知識も、その石から作られるエリクサーの効能も」

「……それは？」

エリクサー。それは、飲むと不老不死の効果を得ることができる万能の妙薬だとされている。権力者が欲しがりそうな、そんな代物のような気がした。

……私は欲しくないけれど。

「あの不完全なエリクサーは、長寿は得られる。だが、不老は与えられない」

アナさんの口から告げられた真実に私は驚かされた。

……え？　ちょっと待って？　長寿だけって、それって……？

「アナさん。それだと、死ぬことはないけれど、……老い続けるのですか？」

私が恐る恐る尋ねると、アナさんは「ああ」と一つ頷《うなず》いた。

「アタシでさえ、この老いた体で不自由もするし、痛みもある。……その上歳《とし》を重ねれば、それが、もっと酷《ひど》くなるはずなんだ。それでもやつらは生に固執している」

アナさんの言葉に、私は絶句した。だから何も言えなかった。

アナさんは、私が緑の精霊王様の愛《いと》し子《ご》だということを知っている。そして私のお師匠様だ。だから、特殊な能力があることも伝えてあった。

だったら、もう少し詳しく聞き出してみてもいいのではないだろうか。私はそう思った。

「アナさん。実は、私は素材採取の旅の中で、三つあるというエルフの里の二つに迷い込んだことがあるんです」

「ほう？」

アナさんは、私の告白に驚くでもなく、むしろ興味深そうな反応を返してきた。

「そのうちの一つの里で……。謎の害虫が原因で世界樹が枯れかけて……。地底にあるという魂が眠る冥界へ続く裂け目ができてしまったんです。それで、本来生まれ変わりのときを迎えるまで眠っているはずの魂が地上に迷い出てしまったことがあるんです」

私はそれについて、今まで、なぜそんなことが起きたのか、なぜ世界樹が狙われるのかわからなかった。

でも今、アナさんが言う一連のことを聞いて、何か関係があるような気がしたのだ。

「世界樹。……神話の中で、世界を支えているという三本の聖なる木のことだね？」

「はい」

「……それを蝕《むしば》む害虫がいたと。そして、冥界への裂け目ができた、ねえ……」

アナさんが、何かが繋がったというような顔で、呟いていた。

「冥界への裂け目ができて、魂が外界にあふれ出た……それで、そのあとどうなったんだい？」

アナさんは、私が語る星のエルフの里での出来事を疑うでもなく、むしろその先を促してきた。

以前、私とリィンを守護してくださる精霊王様方を目の当たりにしたからだろうか？

肝が据わっている、そんな感じだ。

「害虫は私が取り出し、アリエルに消してもらいました。そして、裂け目については、最終的には冥界の女神様が顕現なされて、迷い出た魂達を回収して、冥界に連れて帰ったのですが……」

「……その物言いには、何か続きがあるんだね？」

なんだか、今日のアナさんはいつにも増して察しが良かった。

「……はい。足りないそうなんです」

「足りない？」

「はい。冥界の女神様が言うには、魂の数が足りないと。……その場では女神様はその里のエルフ達に子を……新たな魂を産むようにと命じておられましたが……」

「ふむ……足らない、ねえ」

そして、アナさんのその相槌《あいづち》を最後に、私達の間に沈黙が戻った。

アナさんは再び思案に耽《ふけ》っているようだ。

「それがやつの……ゲルズズの仕業だと仮定すれば。やつの手に渡ったとすれば。……足りないという事実につじつまが合うんだがね……」

何か腑《ふ》に落ちたという顔をしながらも、アナさんの表情は険しかった。

「……どういうことですか？」

私は、アナさんから聞いたばかりのゲルズズという人物について、あまり理解がなかったから、アナさんが意図したことを飲み込めなかった。

「エルフの里の騒動も、仕組んだのはゲルズズかもしれないということだよ。……目的が、魂の収集だと考えればね」

「……あっ！」

私はようやく、今までのことに全てつじつまが合ったような気がして声をあげた。

アナさんが言うにはこうだ。

ゲルズズは、不完全である賢者の石を完成させようとしている。

その素材は、魂。

だとすれば、エルフの里で守られている世界樹に悪意を持った虫を埋め込み、枯れさせ、世界を支える力を失わせることで、冥界への裂け目を作る。そしてその結果迷い出た魂を、何らかの方法で回収しているとすれば、彼の目的に適うのだ。

冥界の女神様がおっしゃっていた「足りない」という事実にもつじつまが合う。

そして……。

陛下が懸念しているシュヴァルツリッターが戦争の準備をしていることも。なぜなら、彼……ゲルズズはシュヴァルツリッターにいるのだから。

私が、二つのエルフの里で守られる世界樹を救い、裂け目を塞いでしまった。まだ全てとはいわないけれど。

ならば次の手段として、再び過去のように戦争を選んだとしても、おかしくはない。

……じゃあ、この戦争が起こるかもしれない事態を引き起こした一因は、私にもあるということになるのかしら？

「……アナさん」

「どうした。大丈夫かい？　デイジー」

私の声が心なしか震える。今しがた知った事実……いや、まだ憶測だけれど、それが恐ろしく感じられた。

「震えているのかい？　……ほら、大丈夫」

そう言うと、アナさんが立ち上がって、私の肩を温かな手のひらでさすってくれる。

「アナさん。ありがとう」

「私はあんたの師匠だ。弟子の心の面倒を見るのも、役目のうちだよ」

そう告げるアナさんの声は穏やかで優しい。その声と手の温かさに、私の怯《おび》えは徐々に収まっていった。

私はアナさんに、まるで子供をあやすように宥《なだ》められながら、彼女に問いかける。

「私が……悪かったのでしょうか？　世界樹が苦しいと泣いているのが聞こえて。だから、私が世界樹を食い荒らす虫を排除したんです。……それが、結果として戦争の原因になったんでしょうか？　だから、戦争という手段を選んだんでしょうか、ゲルズズという人は」

……多分、この問いは、私がアナさんに否定して欲しいんだろう。

それは自分でもわかっていた。

誰かに、「あなたのせいじゃないよ」と優しく否定をして欲しいのだ。

そうして、安心したいのだ。

さらに、今までの私だったら、自分のしでかしたことに泣きながら尋ねたかもしれない。

でも、アナさんがとても優しく接してくれるので、私は落ち着いてしっかりと尋ねることができた。


……こんな状況下でも、私の周りの世界はこんなにも優しい。


先日のお父様も、そしてお師匠様のアナさんも。そして家族もアトリエのみんなも。

みんなみんな。私の周りの人達はとても優しいから。

それがわかるから、私はアナさんの温《ぬく》もりに身を委ねていた。

「デイジー。これはデイジーのせいじゃなく、あくまでゲルズズの問題だよ。あれはきっとなんとしても今は不完全な賢者の石を、完全な物にしたいんだろう。それに囚《とら》われている。そのためには、手段を選ぶ気はないんだ。……だから、デイジーがこの件に関わったとしても、デイジーのせいではないいんだよ」

「わかるかい？」そう言って、アナさんが私の顔を覗《のぞ》き込《こ》んでくる。

……手段を選ばずに、賢者の石が欲しいだなんて。

そんな人がいるということ自体は、とても怖いと思った。

でも。

「……アナさん、ありがとう」

私は、両腕を伸ばして、アナさんの背中に手を回す。

「だったら、私は……私のせいじゃなかったとしても」

「うん？」

アナさんも私を抱きしめ返しながら、首を傾げた。

「私は、そのゲルズズからみんなの笑顔を守りたい。いえ、戦争で誰かの血が流れるような事態にはしたくないんです。その方法を模索してみたい」

「デイジー、あんたは本当に優しい上に強い子だ」

アナさんが私の言葉に目を細めた。

「私は決めました。錬金術師として、彼の望む野望を、戦争を、どうにかして阻止してみせます。みんなの笑顔を、私は守りたいから」

そう、私は言い切った。アナさんが驚きで目を見張る。

「デイジー……」

誰も幸せにならない、彼の願いは叶えさせない。

私は、そう、心に決めたのだ。

そうして一通り話を終えると、「あまり無理はするんじゃないよ」と言い添えてから、アナさんは私を気遣いつつ帰途についた。

第六章　グエンリールとゲルズズ

それにしても、「阻止してみせる」なんて言ってみたけれど、何をどうしたら、ゲルズズの企てを阻止できるのか、私には皆目見当がつかなかった。

「デイジー、調子はどう？」

そんなとき、お母様が扉を開けて部屋に入ってきた。

私はお母様が来たことに気づきもせず、つい、さっき知ったその人の名を口にする。

「ゲルズズ、かぁ……」

「デイジー⁉」

扉を開けてその場で立ち尽くすお母様の瞳は大きく見開かれていた。

「デイジー？　どこでその名前を？」

足早にお母様が扉を閉めて私のいるベッドへとやってきた。

「……お母様？　この名前をご存知《ぞんじ》なのですか？」

なぜ知っているのだろうと、逆に私は問い返す。

すると、私のベッド脇の椅子に腰掛けたお母様が、苦い顔をする。

「……あまりいい話じゃないのよ」

どう答えたらいいものか、そもそも話すべきなのかを逡巡《しゅんじゅん》するかのように、お母様は口籠もった。

「……お母様。私は知りたいです。その人はどんな人物なんですか？」

迷うお母様の片腕に手を伸ばし、そっと手を添えて、私は尋ねた。

「グエンリール様の、知り合い……だった人なの。でも、彼と訣別《けつべつ》した結果、塔に籠もってしまわれたわ」

「……グエンリール様の知り合いですって⁉」

今度は私が驚く番だった。

グエンリール様は賢者の塔に籠もってしまわれたという、お母様方のご先祖様。

賢者でありながら錬金術を嗜《たしな》み、隠遁《いんとん》したという塔の居住階にはたくさんの錬金術の器材や書物が遺《のこ》されていた。

「……グエンリール様は、大昔に賢者の塔に隠遁されたとお母様は言っていたでしょう？」

アナさんの推測が正しければ、今まさに起ころうとしている戦争には、ゲルズズという人物が関与している。そして、その戦争のことは国家機密だ。多分、さすがに仲が良くても、お父様もお母様には漏らしてはいないだろうと思ったので、あくまで戦争のことは伏せて尋ねることにした。

……内緒にして、ごめんなさい。

お母様には、心の中で謝りながら。

「……お母様も、私のお母様から聞いた話なんだけれど」

お母様は、そう前置きをしてから語り出した。

「まだ錬金術が盛んだった頃の話よ。その時代にグエンリール様とゲルズズは出会い、最初はとても仲が良く、友人だったらしいのよ。魔法と錬金術。そこには通じるものがあると言って、魔法も、錬金術も、互いの知識を互いに分かち合いながら研究していたというわ」

……グエンリール様とゲルズズが友人。

初めて聞くその事実に私は驚いてしまった。

だって、ゲルズズは今まさに戦争を起こしてまで賢者の石を作ろうとしている人だと聞いた。その人とグエンリール様が友人だったなんて言われたら、普通驚くわよね？

「……あの、お母様」

私は、恐る恐るお母様に尋ねた。

「グエンリール様は、その……賢者の石を作ろうとしていたのでしょうか？」

ゲルズズが人の命を代償にしてまでも作ろうとしているという、賢者の石。それに、ご先祖様であるグエンリール様が関わっていたとしたら……と思うと、尋ねずにはいられなかったのだ。

「デイジー？　そんなことまで知っているの？」

お母様が驚いたように目を見開いた。

「……そんなこと？」

逆に私が問い返す番だった。

「だってそれが元で二人は喧嘩《けんか》別れして、そしてグエンリール様は塔に籠もってしまわれたと聞いているわ。グエンリール様は賢者の石には否定的だったらしいの。そして、ゲルズズに対抗しようとしたと聞いている……。でも、デイジーがそんなことまで知っているとは思わなかったわ……」

「ああ、でも」と言ってお母様は、自分で合点がいったのだろうか？　不思議そうな顔から一転していつもの表情に戻る。

「デイジーはあの塔に行った本人だものね。きっとグエンリール様が書かれた手記でも読んだのかしらね」

……そんなわけではないけれど。

でも、合わせておいた方が、話が早いかもしれない。

「賢者の石が元だったんですね。でも、グエンリール様の手記って……」

そう言いかけて、ふと思い出した。

確か、『錬金術における禁忌』という本。それに、グエンリール様が塔に籠もってしまった理由が書いてあるようなことを、ウーウェンが言っていたことを。

……ならば、そこに何か秘密が書かれているのだろうか？

あの本は、「グエンリール様が書いた」とウーウェンが言っていた。そして、「彼には錬金術師の友人がいたけれど、考えが合わずに袂《たもと》を分かった。それも、隠遁するに至った理由の一つだ」と。

そういえば、あの本は私が塔でどうしても気になって、いつも身につけているポシェットに入れたはず。あれはマジックバッグ仕様に変えて容量はほぼ無尽蔵なので、そのまま入れてあるはず。

「お母様、ありがとう！」

私は、ぎゅっとお母様に抱きついた。

「デイジー？」

お母様は、よくわからないといった様子だったけれど、嬉しそうな様子の私を抱きとめてくれた。


私は急いで本の読めそうなソファに移動した。

古い羊皮紙にインクで書かれた本をめくる。

一枚目の中表紙には、その本のタイトルである【錬金術における禁忌】という文字が書かれていた。

もう一枚めくる。すると、【袂《たもと》を分かった古き友人。そして、いつか彼を目覚めさせんとする若き錬金術師に贈る】、そう綴《つづ》られていた。


……読むの、私なんかでいいのかな。


グエンリール様が望む、錬金術師。

彼の友人だったという人の目を覚まさせることを望まれている人物。

私はそれに値するのだろうか。

これに触れて、そして読むに値する錬金術師なのだろうか。

そう、心に少しのためらいを感じながらも、私はまたもう一ページ先に進むことにした。

そこには、彼が考える真の錬金術師のあり方というものが書かれていた。

最初に、彼が考える真の錬金術師について。

【『無価値な物から価値のある物を生み出す者』、それが、『真の錬金術師《アデプト》』である。そうして錬金術の秘術を極め、究極の品を作り出すのだ。

欲にかられて金を求め、そのために、ふいごという、空気を送り込むための道具を吹いてばかりいる者。彼らは低俗な錬金術師だ。

ましてや、邪法に手を染めたり、他者を貶《おとし》めたり、他者を害することによって、自らの欲を満たそうとする者。そういう錬金術師にはなってはならない。

そして、錬金術師の究極の目標とも言われる賢者の石が、そのような目的のために生み出されてはならない】

そう、明確に書かれていた。

また、こんなことも書いてあった。

【自分が世の中にとって有益と思って生み出した物が、そのために使われるとは限らない】と。

……これ、ずっと私が抱えてきたことだ！

私が作った自白剤、そして、アルフリートが作る火薬が当てはまる！

グエンリール様はこうも書いていた。


【新たに生み出した物は、一度世に出れば、必ずしも生み出すその瞬間に願ったことのためだけに使われるとは限らない。

力とは、幸も不幸ももたらす。それは表裏一体なのだ。

人は魔法、特に火魔法を行使する力を得て、文明的に生きられるようになった。

その反面、その力は野を焼き、木を薙《な》ぎ、戦争で人を殺《あや》めるためにも使われる。

人は魔獣を倒して魔石を得て、それに宿る魔力を動力源にした魔道具を作ることを覚えた。これにより、魔法を使えない者も、それ以前より豊かな生活を送ることができるようになった。

その反面、それは魔法同様、魔導兵器としても使われるようになった。

錬金術も然《しか》り。

無益な物から有益な物を生み出した結果、生活が向上したり、本来であれば命を落としていた者が生きながらえたりすることがある。さらには、失った四肢を回復することすらできる薬剤があるほどだ。

その反面、錬金術で生み出した物によって人を病に侵し、命を奪うこともできる。一人だけにとどまらず、その対象を広範囲にすることさえできるだろう。

火薬も同様。鉱山の開発など、人の役に立つ使い方もできるが、反面、戦争のためにも使うことができる。

力とは、ものによっては、功罪を併せ持つもの。

力を行使する者は、その意味を理解した上で使わなければならない。

善悪を理解し、善なる心をもって力を使うこと。

ところで、善と正義は似て非なるものである。これを誤ってはいけない。

善は、心の中から生まれる良心である。

正義とは、必ずしも善とは限らない。

例えば、心無い施政者が定めた法であれば、それがその国や領地での法や正義となるだろう。その下で使われる力は、必ずしも善なる目的のために使われるとは限らないのが現実だ。

力を持つ者は、善なる心、良心をもって自分の持ちうる力を使うことが肝要である。

それを知っていても、生み出したその力は、他者の手によって、時代によって、必ずしも自分が意図しない目的のために使われることもあるのだと、覚悟した上で使うべきである】

そう、書かれていた。

私は思わず固唾を呑んだ。

お父様や、アナさんや、ホーエンハイム先生。

私を教え、導いてくれた人々が私に伝えてくれたことと、通じている。

本を読んで真っ先に思ったことは、私を導いてくれる彼らの存在だった。

それに、グエンリール様は、お母様の遙《はる》か遠いご先祖様とはいえ、お爺様《じいさま》のようなものだ。

この数ページを読んで、さらにもっと読んでみようと、私はそう思ったのだった。グエンリール様の遺した本にはまだ続きがあったから。

ページをめくっていくと、やがてその本は、本というより日記のような、雑記のような書きぶりに変わっていく。


【賢者の石は、それ自身がエリクサーであるとも、賢者の石からエリクサーが生成されるとも言われる。

賢者の石がエリクサー自身であるにせよ、エリクサーのもとであるにせよ、それは人が作るべきではないと私は忠告しよう。

それを求めて道を踏み外した者がいるからだ。

彼の名はゲルズズ。私の錬金術師の友人だ。

彼は非常に才能があり、前途有望な若者だった。

私とゲルズズは、グシュタープ王国の学舎《アカデミー》で出会った。

私は次代の賢者として、彼は錬金術師として将来を期待された同期生だった。

ゲルズズと出会い、彼が実践する錬金術を見る度に、私はその可能性に魅力を感じた。

もちろん学舎《アカデミー》では、目指すべき賢者の知識を学ぶものの、その傍《かたわ》ら、ゲルズズの手伝いや、見様《みよう》見真似《みまね》で錬金術をやってみたものだ。

我々の学生時代は、非常に有意義な時期であったといえよう。

学問に情熱を注ぎ、ときには恋を語り。普通の友人と何ら変わらない良好な関係だったと思う。

私も彼も、学生時代には、将来を夢見て学業や興味の赴くままに邁進《まいしん》していれば良かった。

この世の中の希望に満ちた未来だけを夢見ていられたのだ。

そして、我々はそれぞれ良い成績を残して卒業する時期が来た。

私は、宮廷魔導師団の研修生となった。

ゲルズズは、グシュタークの国王自らが後ろ盾《パトロン》となり、宮廷の中にアトリエを持つようになった。

彼は後ろ盾《パトロン》である国王に求められるままに、そして、自由な発想をもって錬金術で有益な物を生み出していった。

私は宮廷魔導師見習いとなり、研修生として実戦にも参戦するようになった。そんな中、戦争というものの現状を、私は目の当たりにした。

グシュタークの国王は強欲だった。

彼は、人や土地が荒れることをすら厭《いと》わずに、この大陸全土に向かって侵攻しようとしていた。

領土拡大のための侵略戦争。

彼は大陸を統一するのだという。

騎士団や宮廷魔導師団は、終わりなき戦争にかり出された。それは研修生である私も例外ではなかった。

一方で、ゲルズズが作った火薬は爆弾や大砲として、魔法を補う戦争の道具として使われた。

彼が作る武器もそうだ。

ゲルズズ率いる錬金術師達は、もろい鉄を頑丈な鉄に作り替える。そしてそれは兵士の強靱《きょうじん》な盾と武器となり、隣国の民を蹂躙《じゅうりん》する。

ゲルズズが植物から見つけ出した薬草もそうだ。

その薬草から抽出したエキスでできたポーションを飲ませれば、普通の民を、疲れを知らず、眠りもせずに、言われるままに命令に従う勇猛な兵士にすることができるのだという。

そんな現実に気づいたとき、私はこの国の在り方に疑問を抱いた。

国王は、ゲルズズの力を利用して他国を侵略している。

我々宮廷魔術師団も同じだ。

そうして、多くの血が流れている。

やがて、グシュタークト王国は多くの国を統べる帝国となり、国王は皇帝となった。

それでもまだ、戦争は終わる気配を見せなかった。

だから、私はこう思うに至った。

この帝国は、もうダメなのだと。

私には、大陸を蹂躙しようとする皇帝の、その思想についていけなかった。

だから私は、グシュタークト帝国を去ろうと決意した。

そこで、かつて友であったゲルズズも誘おうと声をかけた。

だが、驚いたことに彼は鉄格子で囲まれたアトリエの中にいた。後ろ盾《パトロン》という甘言に惑わされた結果、皇帝に謀られ囚《とら》われているのだという。

そして彼は皇帝に命じられたのだという。エリクサーを作れと。もちろんそれは、幻の不老不死の妙薬のことである。

皇帝は、大陸全土に侵略し大陸を治める。そして、ゲルズズの作るエリクサーの力で皇帝は不老不死となり、この大陸を永遠に支配するのだという。

それが最終目標なのだそうだ。

ゲルズズはそのために、閉ざされたアトリエでエリクサーの研究をしているのだという。

だから、私の誘いには乗れない、逃げられないのだと告げられた。

私は驚いた。

賢者の石も、エリクサーも、本当に作り出した者は未《いま》だかつていないと聞いている。

鉄格子越しにゲルズズは言った。

「エリクサーを完成させなければ、私はこの鉄格子に阻まれ自由になれない。そう。水銀と硫黄とコカの葉だ。それが、まず長寿の妙薬の基礎になる。ならば、これを改良すればエリクサーとなるはずなんだ」と。

そう語るゲルズズを前に、私は説得を諦めた。実際、ゲルズズは皇帝に物理的に囚われていて、私には彼を逃がす術《すべ》を持ち合わせていなかったのだ。

そうして私は、宮廷魔導師団も辞して、放浪の旅に出ることにした。

学ぼうとすれば、どこでも学べる。

私は、山野で魔法の訓練をし、困っている民がいれば手助けをした。

そうしてやがて気がついたときには賢者としては十分な力を持つようになっていた。

そんな中、風の便りによればゲルズズの研究はその方向性が怪しくなっていったらしい。

水銀と硫黄とコカの葉を基礎として作った丸薬を飲んでいるという皇帝とゲルズズは、次第に醜い容姿に変わっていったそうだ。

肌にはシミができ、歯は抜け落ち、それをごまかすために化粧をし、義歯をはめているのだと。

そんな醜聞が、流浪の吟遊詩人や、街頭の見世物小屋で演じられるようになった。

やがて、他国侵略の戦争が苛烈を極めてきた。

私は、もう一度グシュタ一ク帝国の宮廷に忍び込んだ。もちろん、ゲルズズと話をするために。

過剰な戦争や、それに用いる火薬の大量生産、怪しげなエリクサー製作に関わる彼を止めようと。

そして、今度こそ囚われている彼を救おうと。

私の賢者としての力も十分になったから、彼さえ望めば、虜囚《りょしゅう》の身から救い出せるかもしれない。

初めはそう思っていた。

しかし、そのときにはもう我々の間に鉄格子すらなかった。ゲルズズは自由の身だった。

自由になったはずの彼はこう言ったのだ。

「賢者の石の原料は、魂なのだとわかった。そして魂をもとに生成した賢者の石から、エリクサーは生み出される。だから、戦争を起こし、魂を集めるのだ」と。

その頃には、囚われていたがゆえに皇帝に従っていたはずの彼自身が変わってしまっていた。自ら望んでエリクサーの研究に臨んでいた。

「未完成だが、これがその賢者の石だ」

ゲルズズは真っ赤な宝石のような小さな欠片《かけら》を私に見せつけた。

「今は不死の力しかないが、これが完成すれば、不老不死が得られるのだ」

そう言う彼自身が、それに取《と》り憑《つ》かれたようにのめり込んでいた。

その頃には皇帝はゲルズズの力に依存していた。後ろ盾《パトロン》と被支援者《クリエンス》としての力関係が変わっていたのだ。

結局ゲルズズは頑《かたく》なで、彼の説得は叶わず、私達は袂《たもと》を分かった。

私は命からがらにグシュタ一ク帝国を去った。

そして私はグシュタ一ク帝国に攻め込まれようとする他の国々に働きかけ、その野望を挫《くじ》くために、同盟を結ばせることに尽力した。

同盟を結んだ国々は粘り強く抗戦した。

やがて、無謀な戦争を続けたグシュタ一ク帝国は、無理がたたって戦争をするための資金も備蓄も底をつき、同盟を結んだ周囲の国々にかなわなくなり、大陸に吹き荒れた戦争は収束したのだった。

グシュタ一ク帝国も、敗戦をきっかけにするかのように、衰退の一途をたどっていると聞く。

私はそれを見届けると、ある国の塔に籠もることにした。

終戦の功労者でもある私は、その国の王に「ぜひ国に仕えて欲しい」と望まれた。けれど、あの帝国の変わり様を目の当たりにした私は、もうどんな施政者にも仕えたくはなくなっていた。

加えて私には、隠遁《いんとん》し、やりたいことがあった。

その頃私には妻と子がいた。私を支え続けた優しい彼女達は、私の隠棲《いんせい》をしたいという願いを受け入れてくれた。

彼女達には、大変申し訳ないことをしたと思う。

そうして、私は塔の上階に引き籠もった。

食料は、妻や娘がカゴに入れた物を、従魔の子竜が運んでくれ、それで生活を続けることができたのだった。

私は塔の中で、錬金術を研究することにした。

もし、またあのような事態が起きたときに、それを防ぐ術《すべ》を見いだすために。

ひいては、友の過ちを諫《いさ》めるために。そのために、あの賢者の石に対抗しうるものを見つけ出したい。

もちろん私は賢者であって、にわか錬金術師にすぎない。その分は、努力で補った。

せめて、のちの世のためになるような知恵を、わずかでも遺すために】

そこまで読み終えて、私は大きくため息をついた。

あまりに問題が大きすぎるわ。

ゲルズズなんて名前は、そうそう聞くものではない。

偶然の一致なのだろうか？

でももし、この本に書かれているグシュタークのゲルズズと、シュヴァルツリッター帝国のゲルズズが同一人物なのだとしたら……。

グシュターク帝国という国は遠い過去に滅び、今は地図上には存在しない。確か家庭教師から受けた歴史の授業で、かつてこの大陸に大きく勢力を広げた、今は亡き国だと教わった記憶がある。

グエンリール様が生きていた、その帝国があった時代から、ゲルズズはずっと生き続けているということ？

それは、にわかには信じ難《がた》いことだ。

でももし、この本に書いてあることが正しいのであれば。

そして、アナさんが言っていた、「ゲルズズがシュヴァルツリッターに現れてから、全てが変わった」という言葉と繋《つな》がりがあるのだとすれば……。

やはり戦争は、ゲルズズが賢者の石、ひいてはエリクサーを作るために、シュヴァルツリッター帝国によって引き起こされてしまうということだ。

いや、きっとゲルズズが起こすのだろう。


……えっと、ちょっと待って？

アナさんの言葉とこの本によれば、賢者の石を完成させるには魂が必要だということよね……。

私は、星のエルフの里で起こったことを思い出した。

何者かの手によって仕込まれた黒い虫によって世界樹が枯れ、その結果、冥界への裂け目ができ、本来冥界で眠っているはずの無垢《むく》なる魂があふれ出てしまった事件を思い出した。

あれは、私が虫を取り除き、世界樹を元気にしたことと、冥界の女神様があふれ出た魂を回収してくれたことで収拾したと思っていたけれど……。

私は頭の中で起こった出来事を整理した。

ゲルズズは魂を欲している。

世界樹には、何者かの手によって黒い虫が仕込まれていた。

私は枯れかけた星のエルフの里の世界樹は救ったけれど、冥界の女神様は魂が幾分足りないと言う。その魂はどこに行ってしまったのだろう？

そして、冥界への裂け目を閉じ終えたら、シュヴァルツリッター帝国からの戦争の話が湧いてきた。

アナさんの言うとおり、やっぱり全ての元凶はゲルズズにありそうだ。

ゲルズズは、グシュタープ帝国で失敗したことを、シュヴァルツリッター帝国でやり直そうとしているのかもしれない。

多分、これはお父様、そして、グエンリール様にゆかりのあるお母様にも相談をした方がいいのかもしれない。

そう思った私は、お父様が仕事から戻られるのを待つことにした。

第七章　賢者の石とエリクサー

「『賢者の石だって（ですって）？』」

私が、師匠のアナさんから教わったこと、そして、さっきの本からわかったことを説明する。すると、開口一番、お父様とお母様が大きな声で叫び、そして、慌てて家の他の人達に聞こえないようにそれぞれが口元を手で覆った。

「賢者の石にエリクサーといえば不老不死……。……不死か……。そういえばシュヴァルツリッタ―の皇帝が代替わりもしないで在位し続けている、そんな話があったな……」

お父様が思い出したように呟いた。

そのあと三人で、小声で会話を続けた。

「それにしても、それの材料に人の魂を求めて、戦争を引き起こすなんて……なんて酷《ひど》い。だから、グエンリール様は世俗を厭《いと》うて塔に閉じ籠もってしまったのね……」

お母様は、両手で顔を覆ってしまった。

「……でも、後世に何か手がかりを遺《のこ》したいと書いておられました。あの方のたくさんの遺産の中から、なんとか手がかりを見つけ出せたらいいのですが……」

私は、その、わずかな希望を口にした。

「でもデイジー。その前に、君はもう体の方は大丈夫なのかい？」

お父様が心配そうに私を見つめた。

「お父様、ありがとうございます。もう大丈夫です。でも、今はそれどころじゃないんです」

私はお父様の袖を掴《つか》んで訴えた。

「アリエルを覚えていますか？　陽《ひ》のエルフの少女で、お兄様とお姉様の決闘のときに手助けをしてくれた子です」

「ああ、もちろん覚えているよ」

「私は、その陽のエルフの里と、星のエルフの里の世界樹を救いました。世界樹が枯れれば世界の均衡が崩れ、冥界への裂け目ができる。でも、私はそれを阻止しました。その結果、世界樹を衰えさせて魂を収集しようとしたゲルズズの望みを、私が絶ってしまったかもしれないんです。もちろん、まだあと一本、手がかりがなく救えていない世界樹は残っているのですが……」

「デイジー……」

何も知らない人からしたら、突拍子もない話。

でも、アリエルに出会い、一時期とはいえ彼女と生活を共にし、エルフという存在を知った。

そして、そもそも緑の精霊王様の愛し子《いとご》の私を娘に持つお父様とお母様。

だから、私の話をかろうじて真摯に受け止めてくれていた。

「遠い過去に一度収束した、戦争という手段にゲルズズを戻らせた一因は、私なのかもしれないんです」

「デイジー。それは考えすぎだ。君が世界樹を救わなければ、この世界が崩壊していたんだろう？

なら、デイジー、君は世界の救世主だろう？　君は何も悪くない」

お父様の言葉に、私は首を横に振る。

「でも、おそらくゲルズズは魂を集めているんです。賢者の石を完成させるために。世界樹を救ったタイミングと、戦争が起こりそうだという状況の因果関係を考えると、どうしても、戦争が起ころうとしているのは、世界樹を救ったことが原因のように思えてならないんです」

「……その話がもし本当でも」

お父様は私の両肩を掴んで、しっかりと目を見据えて告げる。

「それは君の問題ではなく、ゲルズズという人物の思惑にすぎない。デイジー、君のせいじゃない」

お父様の説得の言葉に、私は首を横に振った。

「いいえ、お父様。私はきっとこの問題に関わる運命にあるんです。責任が、あるんです」

「デイジー……」

お母様は心配そうに私の様子を見守っている。

「ねえ、デイジー」

お母様が、ふと柔らかな表情になって、私を見つめた。

「グエンリール様は、賢者でありながら、錬金術の道を模索していらしたわ。……もしかしたら、その思いもあったのかもしれない。あなたが、この魔術師の家系であるプレスラリア家に生まれていながら、錬金術師の職をいただいたのも、その縁が……想《おも》いがあるのかもしれないわね」

「ロゼ！　君まで何を言い出すんだ。私はデイジーをこの問題に関わらせるのは反対だ。これは、大人と大人が対峙《たいじ》すればいい。なんなら私が軍務卿に掛け合う。そういう問題のはずだ！　私は後方で納品をするとか以外に、デイジーを戦争に関わらせるつもりはない！」

お父様は、私とグエンリール様を結びつけて考え出したお母様の言葉に真っ向から反対した。

いつもは穏やかで優しいお父様の、珍しく厳しい物言い。

知っている。私を心配してくれているんだってこと。

……でも、私にしかできない、何かがあるような気がするの。

「正直、私に何ができるのかもわかりません。……でも、この状況で、私は何かしないではいられないんです！　何か、この国を……いえ、この世に生きる人々を戦争などで命を落とすような事態にならないようにする手立てを探したいんです！　きっと、何かあるはずなんです！」

その根拠はどこから来るのだろう。

でも、なぜだか私の勘か本能のようなものが、それが正しいのだと主張をしていた。

陽のエルフの女王であるアグラレス様に、運命を機織る女神達の話を聞いたからだろうか。

それとも、さっき読んだ本の中に、【いつか彼を目覚めさせんとする若き錬金術師に贈る】【のちの世のためになるような知恵を、わずかでも遺すために】そう書かれていたからだろうか。

それとも、血の因縁を感じるからだろうか。

どれのようでもあり、どれのようでもない気もするけれど。

私は何かをせずにはいられない。

ただその思いでいっぱいだった。

「……デイジー。危険なことだけはしないで欲しい。戦争なんて大人の問題で、子供が関わる問題じゃないんだ。デイジー、君にも関わって欲しくない。それがお父さんの願いだ」

「お母さんもよ。約束してちょうだい」

「……はい」

結局その晩の話し合いはそれで終わった。

翌日。

私は、今できることとして、体力向上の種を全て国に納めたのだった。

◆

ようやく体調も落ち着いて、私はアトリエに戻った。

他に私にできることはないのだろうか。

そして、私は何かできることから手をつけようと考え始めた。

そういえば、グエンリール様の遺した書物は、私が持ってきたのを除いて、全て城の図書館に収蔵されている。あまりにも蔵書数が多いので図書館を増築したほどだという。

……あそこなら、何か手がかりがあるかも！

そう思いついた私は、アトリエに一度帰ったばかりだったけれど、大事な調べ物のために再びアトリエをみんなにお願いしてしまうことをわびた。

事情は話せないと言う私に、みんなは優しく受け入れてくれた。

◆

「デイジー・フォン・プレスラリア準男爵です」

城の図書館の前に立つ衛兵に名を告げる。そして、家紋のついたネックレスを見せると、すぐに彼は理解して、中へと入れてくれた。

ここのグエンリール様の遺した蔵書はプレスラリア家からの寄贈品のようなものである。だから、その家名を告げれば、すぐに通してもらえる。

「デイジー・フォン・プレスラリア準男爵です」

扉を開けてくれた兵士が、入り口から入ってすぐ近くにいる司書に告げる。

彼女は私に会釈し、私はそれに軽く返した。

そうして、石造りの床に、靴音をなるべく響かせないように気をつけながら、奥へ奥へと進んでいく。

あの本には、【のちの世のためになるような知恵を、わずかでも遺すために】と書かれていた。

だったら、彼の遺したたくさんの本の中に、きっと手がかりがあるに違いない。

私は、そこに望みを託したのだ。

そして、ようやくグエンリール様の蔵書を集めたコーナーにたどり着く。

「……うわぁ……」

確かに以前賢者の塔で見たとはいえ、その蔵書の多さに私は圧倒された。

「……この中から探すのかぁ……」

わかっていたとはいえ、一瞬めまいを覚える。

……でも！

私の大事な人達を……この国に住む、いいえ、この大陸に住む人々みんなを守れるように！

私は、一瞬湧きかけた諦めのような気持ちを振り切るように、ぶんぶんと頭を横に振る。

「……絶対手がかりを探してみせる！」

そうして、私の途方もない蔵書探索が始まったのだった。


「今日もお城の図書館調べですか？」

朝食を食べていると、マーカスに声をかけられた。

毎日毎日、図書館の閉館時間ギリギリまでねばって調べ、くたくたになって帰宅してくる私を労《ねぎら》ってくれているのかもしれない。

「本当だったら手伝って差し上げたいのですが……私には錬金術の知識はないですし」

アリエルが眉を下げて言う。

「私もですよねえ……」

ミィナがいなくなったら、そもそもパンを作る人がいなくなってしまう。

「私が抜けると、錬金工房が立ちゆきませんしね」

「お役に立てずにすみません……」

マーカスの言葉に、まだ学生の身で役に立てない自分を悔やんでいるのだろうか？　ルックが俯《うつむ》きがちになる。

「……大丈夫。そのうち村を守る立派な錬金術師になるんだろう？」

マーカスが、くしゃくしゃとルックの頭を撫《な》でると、ルックが顔を上げて笑顔で「はい！」と元気よく答えた。

「残念ながらボクはグエンリール様の研究は、からっきしなんだよなぁ……」

口をへの字にして、椅子の上であぐらをかいているウーウェンがぼやく。

「私達も、せか……いや、魔導人形としては若くて未熟ですから、お役に立てず、すみません……」

ピーターとアリスまで、しゅんとして頭を下げた。

そんなウサギのぬいぐるみ達の頭を撫でながら、私は笑う。

「みんな、ありがとう！」

力になれないとはいっても、そのことを悔やんでくれている。

みんなが、私の力になりたいと思ってくれている。

その事実だけでも、とても私は幸せなのだ。

……そう、思えたから。

◆

「……そうは言っても」

朝食が終わると、いつも城の図書館に直行するのが、最近の私の日課だ。けれど、たまにはアトリエの状態も把握しておこうと思って、保管庫を覗《のぞ》くことにした。

それと、自分も根詰め状態だったから、気分転換したかった。

アトリエ管理は、正直言えばマーカスに任せてしまっても大丈夫だ。マーカスは頼りになる。けれど、それとこれとは違う。やはり、主人《オーナー》は私なんだから。

「……これなら、次の納品に向けた分も万全ね」

納品を頼まれている品をそれぞれ数えて、私は頷《うなず》いた。

「……あれ？」

扉をしめようとしたそのとき、保管庫の奥にいくつかの光が見えるのに気がついた。

「……これ。グエンリール様のところから持ってきた、大地の女神の涙達だわ……」

それはかつて入手し、ラベルをつけて保管庫にしまっておいた、使い道のわからない石達だった。

私はそれらを袋から取り出す。

それらは、以前袋にしまったとき以上に煌々《こうこう》と輝いていた。今まで各地で集めてきた、世界樹の涙、氷の女王の涙、火炎王の涙、大地の女神の涙の四つだった。

改めて考えてみれば、みんな『〇〇の涙』と、名前が似ている。

「これ……やっぱり関係のある物だったの？」

共鳴するように輝き合っているということはそういうことなのだろう。

そう思っていると、背後を通りかかったウーウェンが、私が手に取った四つの石を覗き込む。

「デイジー様、それ！　グエンリール様が集めたがっていた、『神々の涙』だよ！　しかも、あと残り一個じゃないか！」

彼女は興奮気味に私にそう伝えたのだった。

「え？　グエンリール様が集めたがっていたって……？」

私はウーウェンの言葉に目を瞬かせる。

「ボクには理由は教えてくれなかったけど、それらは、世界を救うために必要な物の大切な素材なんだって。そう言ってた！」

ウーウェンは移動してまっすぐに私を見つめながら訴える。

「それが全部集まれば、すごい物ができるんだって。賢者の石のように欲の塊じゃない、至高の物ができあがるんだって、そう言ってた！」

「……じゃあ、これが何かの手がかりに……？　ねえ、教えてウーウェン。これは、本当にあと残

り一個なの？」

それを問うと、ウーウェンは首を横に振った。

「グエンリール様は全部で五個だって言っていたけれど、ボクにはわからない」

そんなやりとりをしていると、錬金工房の作業場の扉が大きな音を立てて開けられた。

「デイジー様！」

息せき切って駆け込んできたのは、アリエルだった。

普段のおっとりとした所作からすると、珍しいことだ。

「どうしたの？　そんなに慌てて、あなたにしては珍しい……」

私はいったんアリエルの話を聞く必要性を感じて、『神々の涙』の入った袋を保管庫に戻した。

「次の転送陣がある場所がわかったんです！」

私ののんびりとした問いかけを遮るようにして、アリエルが訴えた。


……転送陣ということは、エルフの里への通り道よね？


「最後の転送陣の場所が、やっとわかったの？」

「はい！　お母様から連絡がやっと来て……その場所がわかったんです！　それと幸いなことに、まだ月のエルフの里には、裂け目はできていないそうです！」

アリエルは、前回、星のエルフの里に裂け目を作ってしまったことで、心に呵責《かしゃく》の念を持っていたようだったから、まだだということを嬉《うれ》しそうに報告してきた。

「アリエル、良かったわね！　……で、転送陣はどこにあるの？」

私が問うと、彼女は私の手を取って、アトリエの外へと連れ出した。

「……あそこです！　あの雲の上です！」

そう言って空を指さすアリエル。

そこには、王都の北部にある、誰もてっぺんにまで登ったことのない、高い山がそびえていた。

その上にはいつも分厚い雲が、冠のように被《かぶ》さっているのだ。

彼女が指さすのは、まさに、その雲だった。

「……え？　空？　雲？」

私の頭の上に『？？？』がぐるぐるする。

理解不能だ。

雲って、前にウーウェンに乗って空を飛んだときに通ったけれど、それは綿のような実感や質感といったものがある存在ではなかったはずよね？

中に入っても、霧雨でも降っているかのような、もやっとした視界の悪さがただあるだけだった。

そんな場所になぜ転送陣があるというのだろう？

「ねえ、アリエル」

「はい！　なんでしょう？」

まだ興奮冷めやらぬといった状態のアリエルが、前のめりになって私に尋ねてきた。

「どうして雲に転送陣があるのかしら？　あれは、霧のようなものじゃなかったかしら？」

私は首を捻《ひね》ってみせながら、彼女に尋ねた。

「あの頂上の雲は特別なんです。その証拠に、あの雲は動かないし、一度もなくなったこともないでしょう？」

「……そう言われてみれば……」

確かに、あの雲がなくなった景色を、私は生まれてから一度も見たことはない。

とは言ったものの、だからなんだという話である。

ずっとあるという特別な雲だとしても、雲は雲。

私は思わず呟いた。

「でも、雲……」

「行ってみればわかりますよ！」

私達はアリエルに押し切られる形で出かけることになった。

◆

「ぎゃあああああ！」

「あっははは！　みんなしっかりつかまってなよー！」

初めて乗るリィンが一番慌てふためき、それを愉《たの》しそうにウーウェンが笑って注意している。

そう。

私達は竜型に戻ったウーウェンの背に乗って、みんなで大空を飛んでいた。

そして、リィンをさらに煽《あお》ろうかとでも思ったのか、ウーウェンがグイッと体を捻ってぐるりと横に360度一回転した。

さっきのウーウェンの忠告で、みんなしっかりとウーウェンのたてがみにしがみついていたからいいものの、もし、うっかり手を離していたら大惨事だ。

「ちょっと待ってよ、ウーウェン。さすがに危ないわ」

私はさすがにこれについては窘めることにした。

「……はい。ごめんなさい……」

さっきまで、全員を乗せて、見せ場とばかりに意気揚々としていたウーウェンが、しゅんとした声色になる。

「でも、みんなを乗せて飛べるのが、見せ所って感じで、嬉しかったんですよね？」

ポンポンと背を撫でて、私達の間を仲介するように慰めるのはアリエル。

「ああ。こんなにたくさんの仲間を背に乗せて飛ぶなんて、ボク嬉しくて！」

そう言うウーウェンが乗せているのは、私、リィン、アリエル、マルク、レティア、そしてそれぞれの従魔達。

元の姿に戻った大きな彼女の背中は、全員を乗せるのには十分だった。

途中、普通に空に浮かぶ雲を突っ切っていく。

「……デイジーの言うとおり、雲って、霧みたいなもんだったんだな……」

リィンが感慨深げに呟《つぶや》く。

「でも、目的地は違います！　さあ、ウーウェン！　私達を連れていって！」

「任せて！」

アリエルの言葉にウーウェンが意気揚々と応える。

そして、私達は、北に高く高くそびえて見える、この大陸中央にある山の頂上を目指すのだった。

◆

空は、白い雲がいくつか浮かぶ程度の晴天。

やがて、いくつもの普通の雲を突っ切ったところで、私達は驚くべき光景を目の当たりにした。

「……山の頂上に……雲の上に、土地がある。人がいる。しかも神殿が立っている」

呆然《ぼうぜん》と呟いたのはマルクだ。しかも、口をパクパクさせている。

「アリエル。ここが目的地？　そして、ここはなんなの？」

私が尋ねると、彼女は首を横に振った。

「お母様から、ここにいる人達へは話が通っています。……実際に足を運び、話をしてみてください」

そう答えるだけで、結論はお預けにされてしまったのだった。

そして、高く高く舞い上がったウーウェンが、その雲を眼下に見下ろせる高度にまで到達した。

「うわぁ……」

北の山頂の大きな雲。

そこには白い神殿と同じ石でできたと思われる家々が立ち並んでいた。

雲の上だというのに、街路樹や公園らしい広場に噴水まであるからびっくりだ。

そしてなにより、人々が綺麗に石で整備された道を行き交っているのだ。

ただし、私達と違うのは、彼らの背中に一対の白い翼が生えていること。

まるで、聖書や物語でいう神の御使《みつか》いの天使のような姿である。

「……ここは天上の神殿なの？」

私は眼下を見下ろしながら、アリエルに尋ねる。

「……行ってみればわかりますよ」

そうして、まるで離発着場とでも言わんばかりに広い場所に着陸（？）するのだった。

「ようこそいらっしゃいました！　新たな神々の愛《いと》し子《ご》のお二方と、そのお仲間方！」

その広場で待っていた三人の男性のうち、代表と思われる一人が両手を広げて歓迎の意を示す。

ウーウェンの背から皆が下りたあと、私達は歓迎してくれるその人に、軽く自己紹介をした。それに対して、彼らはここの管理人なのだと教えてくれた。

でも、そのことよりも私は、彼が最初に発した言葉に若干の違和感を覚えた。

……新たな神々ってどういうこと?

「……あのう。新たな神々っていうのは……」

私はそのことを尋ねようと口を開いたものの、その言葉は、いったん遮られた。

「屋外で立ち話もなんです。その疑問について、そしてこの場所と我々の存在について、転送陣にお連れする合間にでも軽くご説明しましょう」

そうして、三人の管理人によって、その空中の島の中央にそびえ立つ神殿に、私達は案内されたのだった。

「……うわぁ。天井が高い」

その白亜の神殿は、一体どれだけの高さがあるのだろうかと思うほどだった。

その天井は、等間隔に並んだ白い石造りの柱で支えられている。

「……いにしえの神々の神殿ですからね」

私達が通る両脇には、人物像のような彫像が立ち並ぶ。

「……いにしえの神々?」

「はい。そうです。ここに並ぶ神々が、そうです」

そう言われてみて、私はその彫像達を眺める。

「これが、神々?」

私は疑問に思う。

なぜなら、見知った緑の精霊王様や、土の精霊王様、冥界の女神様らしき姿はなかったからだ。教会で見る創造神様もいない。

「……いにしえの神々とは、創造神様や、緑の精霊王様達とは、違うのですか？」

私はさっきから引っかかっていた疑問を口にした。

「違います」

私達は、ようやく神殿の中央最奥にたどり着いた。

そこには、女神とおぼしき女性の彫像が立っていた。

「……この方が、いにしえの神々の主神だった天空の女神です」

「……いにしえの神々……天空の女神……？」

「そう。神々は代替わりをしたのです。今、世界を見守っていらっしゃる神々は、女神様から譲り受けた世界を見守る新たな神々なのです」

管理人の代表者が、ようやく私の疑問に答え始めてくれた。

「はじめに、世界に天空の女神、次に大地の女神がお生まれになりました。彼女達のあとに、火炎王とも呼ばれる火の神、氷の女王とも呼ばれる水の神がお生まれになりました。そこに、今の主神であり創造神と呼ばれる神が、他の次元から訪れたのです」

その説明に私は目を瞬かせた。私の持つ宝石達の名前が、その神々の名前を冠していたからだ。

それに、創造神様については？

そのお名前のとおり、世界を創造されたというわけじゃなかったの？

教会だって、この世界をお作りになったのは創造神様だって教えているのに。

「やはり驚いていらっしゃいますね。……地上に住まう者には知らされていない事実ですので」

「……そういえば、それを知っているあなた方はどういう存在なのですか？」

私は、はたと気がついて、それを尋ねた。

地上にも住んでおらず、そして神々の事情を知っている人（？）達。

「私達は、いにしえの神々の僕《しもべ》を務めていた者達の末裔《まつえい》ですよ。……そうですね。今地上に住まう人間達には、『天使』『神の御使い』などと呼ばれていますが……実際は、ここでのんびり生きているだけの存在です。……もう、主は去りましたから」

「……去った？」

私が疑問を口にしたそのタイミングで、先ほどから案内をしてくれている男性が、奥の小部屋の前で足を止めた。

「さあ、ここを上っていけば転送陣にたどり着きます」

そうして歩きながらの神々の話を終え、管理人が話を切り替えた。彼がその小部屋の扉を開けると、上へと続くらせん階段が姿を現わしたのだ。

「あのう……まだ、神々のことについてお聞きしたいことがあるのですが、帰ってきてからお聞きできるでしょうか？」

「ええ、もちろん。ですが元々はアグラレス様からのご依頼で、世界樹を救うために転送陣を使っていただくというお話。それは急務です。世界樹が枯れれば世界が傾き、やがてはこの世界は崩壊する。それを緑の精霊王様の愛し子様がお救いになることができると」

そう言うと、管理人が私へと視線を向ける。

「はい。世界樹が枯れ始めた原因は、何者かが仕込んだ黒い虫のせいです。それが世界樹を食い荒らし、枯らすのです。……なぜか、緑の精霊王様の愛し子である私には世界樹の声を聞き、見て、それを取り除くことができるようなので……」

私は彼に説明する。

すると、私の言葉を途中で遮る形で、前のめってアリエルが懇願した。

「あと、最後の一本なのです！　ですから、最後の月のエルフの里へ行きたいのです！　転送陣をお貸しください！」

「大丈夫。そう必死になられずとも、世界樹の問題は、我々にとっても死活問題。世界樹が枯れれば、その枝で支えられているこの島も崩落することでしょう。……ですから、転送陣はお約束どおりお貸ししますよ」

その言葉を聞いて、アリエルがほっとした表情をする。

「では、行きましょうか」

そう言って管理人は上へ続く階段を指さす。

「……さあ、こちらです」

そうして、上へ上へと続く階段へと導かれるのだった。

ずいぶんと長い間らせん階段を上ったあと。

最後に小窓がたくさん並んだ明るい小部屋が現れた。

「……転送陣……」

それは、今まで陽《ひ》のエルフの里、星のエルフの里へ向かったときの転送陣と酷似していた。

それが、部屋の床の中央に白く描かれていたのだ。

「……ここから、月のエルフの里へ行けます。彼らにはすでにアグラレス様からお話がいっているとのこと。……問題なく、彼らにも受け入れられることでしょう」

そう言うと、管理人は「さあ」と勧めるように、手を転送陣の方へと差し出した。

私はみんなの顔を見回す。

「行くわよ！」

異議を申し立てる者は誰もいない。

みんなが、真剣な顔で、うん、と頷《うなず》いてくれた。

私のかけ声と共に、みんなで転送陣の上に乗る。

すると、転送陣が発光して、私達の体を包み込んだ。

「……世界樹を頼みましたよ」

そう、管理人が呟いた言葉は、すでに転送された私達の耳には届かなかった。

転送された先は夜のように薄暗かった。

いや、実際に夜だった。

暗闇の中に、大きな月が浮かんでいる。不思議なことに、明かりはそれだけで、あまりよく星々の姿は見えなかった。月が大きすぎてその明かりが強すぎるからなのだろうか？

優しい風がそよぎ、木々がさわさわと葉擦れの音を奏でる。

その葉っぱ達は月明かりに照らされて、銀色に輝いていた。

「「……よくいらっしゃいました。愛し子様方、アリエル様、そしてお仲間の皆様」」

そうかけられた声は、まるで同じ人物の声が重なるよう。

そこには、透き通るような白い肌、灰色の瞳、臀部《でんぶ》まで伸びる長く黒い髪を持った少女二人が立っていた。

容姿はまるでうり二つ。

違うのは、一人は長い直毛で、もう一人は柔らかく波を打っていることだけだった。

「……先の女王……母が亡くなったあと、私達のどちらが跡目を継ぐかが決まらず、お招きするのが遅れてしまいました。大変申し訳ありません。私は姉のガラレスです」

「私は妹のアダエルです」

二人はゆっくりと頭を下げた。

「私は緑の精霊王様の愛し子のデイジーです」

「アタシは土の精霊王様の愛し子のリィン」

「私は知ってのとおり、陽のエルフのアリエルです」

「俺らは彼女達の護衛のマルクとレティアな」

順番に自己紹介をしていって、最後にマルクが二人まとめて自己紹介すると、レティアは「うん」と頷いた。

「お名前を教えてくださってありがとうございます。なんでも、アグラレス様によれば星のエルフの里が大変な騒ぎになったとか」

「はい。世界樹が枯れかかったせいで、大地に裂け目ができてしまいました。それは冥界へと続くもので、そこで眠っているはずの魂達があふれ出てしまったのです」

私が説明すると、姉のガラレスがこくりと頷いた。

「私達の里の世界樹はそこまで弱ってはおりません。……ですが、時間の問題でしょう。緊急事態ですから、跡目候補である私達姉妹二人一致での決裁ということにして、あなた方をお招きしたのです」

「……私達が守る世界樹を……救ってくださいますか?」

姉のガラレスに続いて、妹のアダエルが小首を傾げるようにして尋ねてきた。

「……もちろんです! 今までも二本の世界樹を救ってきました。最後の一本を……世界の崩壊を見過ごすつもりはありません」

私がそう言い切る。

すると、双子は体を向き合わせて両手同士を重ね合った。

「お姉様」

「アダエル」

「「……良かった。愛し子様が世界の崩壊を救ってくださるわ」」

二人は全く同じ顔で、瞳を細めてそれは嬉《うれ》しそうに微笑み合ったのだった。

「では、世界樹の元へ案内していただいてもよろしいですか？」

そんな彼女達に私は声をかける。

「ええ、ぜひ！ ……ささ、こちらです」

そうして私達は彼女達に案内されて、月のエルフの里の中央にそびえ立つ世界樹の元へ連れてゆかれたのだった。

「……まだ、なんとか元気そうなのね」

世界樹の元へたどり着くと、私はその幹に手のひらで触れる。

『でもボク、体の奥が痛いんだ』

世界樹が私の頭の中に訴えてきた。

「……そうね」

目をつむって額をその幹に触れさせると、やはり中にあの虫がうごめいているのが見えてきた。

「悪さをしている子を取り出しちゃうわね。……ちょっと、あなたの中に入らせて」

『うん、お願い』

何度やっても不思議な感覚だけれど、私の手はとぷんと幹を覆う硬い表皮を通り抜けて、世界樹の中へと入り込む。

「……もう、あなたで終わり。世界は崩壊させないわ」

『ちっ。ゲルズズ様のご命令だったのに。これで俺も終わりか』

黒い芋虫をつかみ取ると、それが私に向かって悪態をつく。

陽のエルフの里のときにははっきりとその名は聞こえなかったけれど、今度は彼の名前が聞き取れた。

やはり、世界樹の不調の元凶はゲルズズだったようだ。

私は芋虫を掴《つか》んだまま、腕を幹から引き抜く。そして、その虫を地面に投げ捨てた。

「……世界を崩壊なんかさせないんだから！　アリエル！」

「はいっ！　消滅《バニッシュ》！」

アリエルがいつもの聖魔法を唱えると、それは消滅した。

「「……これが、原因……」」

双子の王女達が呆然《ぼうぜん》として呟いていた。

「はい。……今回ははっきりと『ゲルズズ』と仕込んだ者の名前を明かしていましたから……その者の仕業だと思います。彼は人間の錬金術師です」

「「なんて恐ろしいこと……」」

双子達は両手を握りしめ合って震えている。

「でも愛《いと》し子《ご》のデイジー様。この、弱った世界樹は元に……元気になるのでしょうか？」

姉のガラレスが眉尻を下げて心配そうに尋ねてくる。

「それはね、こうするのよ！」

私は、不安そうにする彼女達を鼓舞しようと、あえて明るく振る舞って、アゾットロッドを掲げてみせた。

そして私はそれを振りかざす。

すると、今までのようにポーションが無数の球体となって空へと舞い上がっていく。

高く、高く。

世界樹の上まで、もっと高く。

そして、私はその球体達に命じるのだ。

「癒しの霧雨《キュアミスト》！」

天高く舞い上がった球体達は、細かい霧雨状になって世界樹に降り注ぐ。

月明かりに照らされるその霧雨は、銀色に輝く靄《もや》のよう。

そして、霧雨に濡《ぬ》れた世界樹の葉は、月光に照らされて銀色に輝いていた。

やがて世界樹は、根や幹といった枯れ細っていたものがその太さと力強さを取り戻す。しっかりと大地に根を張り、枝はたくましく天へと伸びていく。

しおれていた葉はぴんと張りを持ち、そして、若芽も芽吹き出す。さらには白く清らかな花が咲き始め、やがて暗い夜空を背景に、月明かりに照らされた満開の花が世界樹を飾った。

世界樹が、復活したのだ。

「「なんて美しい……」」

双子の王女達も、その光景に感嘆の声を漏らす。

突然の雨に気づいた月のエルフ達も家々から出てきては、その様子を口々に褒《ほ》め称《たた》え、そして、世界樹の復活を喜んでいた。

「ありがとうございます。デイジー様」

姉のガラレスが深々と頭を下げ、それに倣うようにして妹のアダエルも頭を下げた。

「私達だけでは、世界樹を救えませんでした。……緑の精霊王様に世界樹の管理を託された一族だというのに……ゆるやかな衰弱を見守るしか術がなかったのです。でも、あなたが救ってくださった」

ガラレスが一歩私の方へと近寄ってきて、私の両手を取り、握りしめる。

その手には感謝の心が込められているのか、温かだった。

「これで三本の世界樹が救われました。……これで世界は崩壊を免れるでしょう。重ね重ねありがとうございます。デイジー様」

今度はアダエルが私の前にやってくる。そして、ガラレスに解放された手をすくい取って、今度は彼女が優しく感謝の心を込めて包み込んだのだった。

それが合図かのように、月のエルフ達が皆いっせいに私に頭を垂れて感謝の意を示した。

アリエルも私のそばにやってくる。

「デイジー様はエルフの恩人です。おかげで、私も使命を果たせました。そしてようやく三つの全ての世界樹が元の姿を取り戻したのです」

彼女は感慨深そうに胸に手を当てて、私に頭を下げる。

「これで、この世界も無事だな！」

リィンが明るい声で朗らかに笑う。

「……そうね」

私は、みんなにばれないように。でも、少しぎこちなく笑う。

世界樹の衰えによってこの世界が壊れてしまうのは防げたのだ。これで、ひとまずの満足感と安心感を得ることはできた。

でも、ゲルズズがいる限り、まだ、全部は解決してはいない。

私はひそかに眉根を寄せ、きゅっと唇を引き結んだ。

◆

そして、私達は転送陣を通してまた天空の島にある神殿の転送陣へと戻ってきた。

「……デイジー様！　皆様！　世界樹は……！」

ずっとその場で待っていたのであろう。

管理人が私達の元へ駆け寄ってきて、その結果を聞かんとばかりに身を乗り出す。

「……大丈夫です。元に戻りました。もう、世界樹が枯れることも世界の崩壊もありません」

私が管理人にそう答えると、安心した様子を露《あら》わにして、彼はほうっと息をつく。

「ありがとうございます。これで世界も救われます」

管理人は丁寧に私達に向かって頭を下げる。

そんな彼に私は言葉をかける。

「戻ったら、いにしえの神々についてのお話をしていただくとのお約束でしたよね」

「ああ、そうでしたね。あちらなら、ゆっくりお話しできます。移動しましょう」

私達は、この神殿の管理人に連れられて少し歩く。そして、一つの部屋に案内された。

先ほどの言葉のとおり、そこは面会室になっているのか、テーブルを挟んで柔らかそうなソファが前後に置かれている。また、大勢になってもいいようになのだろうか、二人座り用の小さなソファも、左右におかれていた。

「こちらで落ち着いて事情を説明しましょう」

私達は促されるままに、ソファに腰を下ろしたのだった。

「……確か、教えていただいたのは、いにしえの神々が去ったというところまでだったと思うのですが……」

転送陣へ着いたために途切れた部分から、私が話を切り出した。

「ええ、そうでしたね。では、この世界の神々に起こったことから説明しましょう。まず、この世界に世界樹が生まれ、そして世界を形作りました」

管理人は、私達に向かって話し出した。

「そして、双子の姉神の天空の女神と妹神の大地の女神が生まれました。そして、火を司《つかさど》る火炎王が生まれ、水を司る氷の女王が生まれたのです。原初の女神達は人も動物達も生みました。彼らが、生きとし生ける者達を生み、守ってこられたのです」

「では、今の創造神様は、いにしえの神々とは違うのですか？」

「……創造神は、いにしえの神々がこの世界の天と地を創造されたあと、別の次元からやってこられました。そして、はじめに大地の女神と神産みをなされ、精霊王様達がお生まれになりました。次に、天空の女神と神産みをなされ、その他の数多《あまた》の神々がお生まれになったのです」

……でも、だったらどちらの神々も仲良く過ごしていたのではないのかしら？

私は疑問に感じて尋ねてみることにした。

「でもいにしえの神々が去った、っていうのは……どうしてですか？　どちらの神様も、仲良く過ごしていたんですよね？」

「いにしえの神々は、人に火と、魔法を操る力を与えました。けれど、それは神々が望んだ結果をもたらさなかった。神々が愛した美しい世界を汚したのです。例えば森を焼くように。その上、それの力をもって、人と人とで争うようになったのです」

「……」

「人を生んだいにしえの神々は嘆き悲しみました。……そして、四柱の神々はこの世界を去ったのです。今いる神々とは、後からやってきた創造神様と、そのお子達なのです」

「……そんな……」

それではまるで私達が生みの親である原初の神々に見捨てられたようではないか。私は思わず一言呟いて俯《うつむ》いた。

「……そんないにしえの神々も、最後に一つの希望を残して去られました」

「希望？」

私は、その言葉に顔を上げた。

「ええ。我々の中に善き心を持つ者が現れたとき、その者にそれは与えられ、そして、世界の希望となるだろうと伝えられています」

せっかくの手がかりかと思ったのに、抽象的すぎてよくわからない。それが管理人の説明を聞いたときの私の率直な感想だった。

きっとそれが素直に顔に出てしまっていたのだろう。

「……確かに、漠然としすぎてわからないでしょう。でも、いにしえの神々は嘆きに耐えられず去ってしまわれましたが、全てを見捨てて去ったわけではないのです。それは覚えておいてください」

「……」

「……希望を持つこと。それが人に残された最後の宝なのですから」

「……はい」

けれど、希望と聞いても私の心は沈んだままだった。

……ゲルズズの野望は潰《つい》えていないからだ。

彼はもう、『戦争』という手段に切り替えているはず。

そんな状況では、きっと神々が心を痛めて去っていってしまった状況と何ら変わりはないだろう。

その状況下で、どう希望を持ったら良いのだろう。

そんな私の気持ちを何も知らない管理人は私達に満面の笑顔で頭を下げた。

「それにしても、世界樹のことは本当にありがとうございます。デイジー様。これで世界は救われます！　……ああ、嘆いて去っていかれた女神様にもご報告をしないと！　失礼しますね」

管理人が部屋を出て、神殿の一番前の中央に立っている女神の像の元へ足早に歩いていく。そんな彼を、私を先頭にしてみんなであとを追いかける。

私達が彼に追いつくと、一歩前に立っていた彼が、片足を床に突いた。

顔は女神の瞳を見ているのであろう、上向いており、そして口を開いた。

「天空の女神様。争いを嘆いて去っていってしまった女神様。……あなたがお作りになった世界は、ここにいらっしゃる皆様のおかげで、崩壊を免れました。……世界は救われたのです」


……それは違う。


その言葉が、思わず喉からあふれ出そうになる。

まだ世界は救われていない。

ゲルズズが、魂を収集するために戦争をしようとしている限り。

なぜ、彼はそのような無慈悲なことをしようとするのだろう。

そう、ふと思った瞬間。

ぽたり、と、私の片方の瞳から涙が零《こぼ》れ落《お》ちた。

「デイジー？」

隣にいたリィンが私の様子に気がついて、驚いて私の肩に触れる。

「……だって、まだなんだもの」

「まだってどういうことだよ」

「だって、まだ、世界を戦争で荒らそうとしている人がいるんだもの！　シュヴァルツリッターのゲルズズがいるのよ！」

これは秘密の話。国家機密だ。

でも、我慢ができなくて。

自分一人の心の中にしまっておけなくて、思わず零してしまった。

吐露してしまったという罪の意識も私の心を苛《さいな》む。

ぽろぽろぽろぽろぽろとあふれ出る涙は止まらず、ゲルズズが行おうとする理不尽な行為が私の胸を苛んだ。

それは不思議とゲルズズ一人への怒りではなかった。

ただ一人への単純な怒りというものではない。

哀れみのような。

悲しみのような。

悲歎《ひたん》、愁傷。たとえるとすれば、何が適切な言葉なんだろう。

……なぜ、私のささやかな願いが叶わないのだろう。

そんな悲しみの感情が私の心を締め付け、涙があふれ出る。

「……女神様も、こんな思いだったのでしょうか？」

思わず、私はその言葉を口にした。

だから、この世界を憂いて、去っていってしまったのだろうか？

「けれど、私は見捨てたりはしたくないのです。私には大切な人達がたくさんいるのです。……みんなを……救いたい。笑っていて欲しいのです。願いはただそれだけ……でも、それが叶わない。それを覆す力が欲しいのです」

口を動かし答えるはずもない女神像に向かって、私は訴えた。

管理人が私の方に振り返る。そして、仲間達も、私と女神像を見比べる。そして、オロオロするばかりだった。

私は、涙を流しながら女神像を見つめて立ち尽くし、訴え続けた。私の涙は頬《ほお》を伝ってぽろぽろと顎から床へと落ちていく。そして、足下にいくつもの円状の染みを描いた。

すると。

「……えっ？」

涙を流すはずもない、女神像のその無機質な瞳から、一粒の涙があふれ出た。そして、それは頬を伝い落ちていく。

けれど、私の涙と違ったのは、最後だ。

カツン。

そう、硬質な音を立てて、その涙は床に落ちたのだった。

「……何が起きたの……？」

私は驚いてその涙が落ちた場所まで歩いていった。そして、その涙……いや、涙のような無色透明な石を見つめる。

私は自分の目と頬を濡《ぬ》らす涙を手の甲で拭う。すると、自然と鑑定の目が作動していた。

【天空の女神の涙】

分類：宝石・材料　　品質：超高品質　　レア：S

詳細：天空の女神が世界を憂えて涙を流すに至った物。その感情の結晶。いにしえの神々の想《おも》い全てを揃えて溶かし、再結晶化することで、至高の宝石ができる。

気持ち：これこそ我々が残していった希望。これをあなたに託します。

今までわからなかった使い道がわかった。

鑑定レベルが上がったからなのか。

それとも、全てが揃ったからなのだろうか。

今まで『鑑定レベル不足』と言われ、わからなかった使い道が初めてわかったのだ。

「デイジー？」

涙を袖で拭って、女神像の前に歩いていく私。

そんな私にリィンが心配そうに声をかける。

「大丈夫よ、リィン。……それより、これ、今まで集めてきた石の仲間なの。そして今、これらの使い方がわかったの」

床に転がっている石をかがみ込んで指で摘まみとった。

その、指先に石が触れた瞬間。

『デイジー』

頭の中に声が聞こえた。

そう。

耳からではなく、頭の中に直接声が響いているのだ。

……何事？

『私です』

石を拾うためにかがんでいた私が顔を上に向けると、動くはずもない石像がわずかに微笑《ほほえ》んで見えたのだ。

『まずは、世界樹を救い、世界の崩壊を防いでくれてありがとう。この世界の基盤である世界樹が、これで枯れずに済みます』

女神像は、ただ一方的に私に語ってくる。

『あなたの世界を救いたいと願う想いに応え、私は最後の希望を委ねました。これであなたは、私達の希望を込めた想いの石を全て手にしたはずです。世界を救う至高の物を作るために、今こそあなたが極めた錬金術師としての力を使いなさい』

女神様の言葉はそこで途絶えた。

きっとこれがグエンリール様の欲していた物。そして、これが最後の一つのはずだ。

私はそれを握りしめて立ち上がった。

「……管理人さん」

これをもらい受けていいものかと尋ねようとする私に、彼は微笑みながら頷《うなず》いた。

「きっと、女神様があなたの訴えにお応えになったのでしょう。……お持ちください」

「ありがとうございます」

私はまだ涙で濡れていた頬を拭いながら軽く頭を下げた。

グエンリール様が欲していた素材が、これで全て揃《そろ》った。

そして、彼が作りたがっていた物を私が作れる。

不思議と、そんな確信が胸を占めていた。

女神様の言葉があったからかもしれない。


……私は錬金術師。


価値のない物から、価値のある物を作り出し、効力を出せない物から、効力を引き出すことができる。

私はやってみせる。

天空の女神様が言ったのだ。

『世界を救うための至高の物を作りなさい』と。

その石を握りしめた手を、私はぎゅっと胸に押しつけたのだった。

そして、「早く帰ってこれを錬成したい」と言う私の言葉を、みんなは汲《く》んでくれた。その結果、そのまま急いでウーウェンの背に乗って王都に帰ることにしたのだ。

ウーウェンが広場で人型を解いて、赤竜の姿に戻る。

私とリィン、アリエルは、マルクの手を借りてウーウェンの背に乗る。そのマルクとレティアは軽々と飛び乗ってきた。

リーフ、レオン、ティリオンも軽やかに跳躍してウーウェンの背に乗り込んだ。

「管理人さん。お世話になりました。挨拶もそこそこですみません」

「いいえ、あなたにはなすべきことがおありなのでしょう？　そのために、行くべき場所に早くお帰りなさい」

私の謝罪の言葉を、管理人は穏やかな微笑みと共に首を横に振って「大丈夫」と伝えてくれた。

「……ありがとうございます。私に成し遂げられるかどうか、その確信はありません。……でも、誠心誠意、できうる限りの努力をしてみせるとお約束します」

「信じておりますよ、愛《いと》し子《ご》様」

「はい」

そうして、天空の人々に別れを告げて、私達は王都へと戻ったのだった。

第八章　祈りの石

こうして私達は王都に帰ってきた。

今までは大変だった道のりも、ウーウェンがいるからどこでもひとっ飛びだ。ずいぶん楽になったものである。

……しかも、今回の行き先って天空の島だったしね。

私は早速みんなと別れてアトリエに戻る。

そして今私は、天空の女神様が『全て手にした』と言っていた石を、実験室の机の上に並べて眺めている。

世界樹の涙。

氷の女王の涙。

火炎王の涙。

大地の女神の涙。

天空の女神の涙。

この五つだ。

……これをどうしたら上手《うま》く至高の物ができるのかしら？

鑑定さんは『至高の宝石ができる』と言っていた。ならば、宝石を作る要領で作業すれば良いのだろうか？

全部一緒に錬金釜に入れて溶かして圧力をかける？

それはなんだか安直な気がしたのだ。

だって、『氷の女王』は水、『火炎王』は火、『大地の女神』は土、『天空の女神』は風。

その四大元素というものを司《つかさど》る四つ柱の神々に当てはまる。そしてそれは、この世界を構成する四大元素にも通じるのだ。

けれど、『世界樹の涙』だけが、どうも異質なように感じた。

「うーん」

私は思わず口に出して唸《うな》っていた。

そこに通りがかったマーカスが、ひょい、と机の上に並べた石を覗き込む。

「これはまた、すごい。私では鑑定レベル不足ばかりの品を揃えましたね。で、何をお悩みですか？」

「これは混ぜ合わせて石……多分宝石の類いかな。そういう物になるみたいなのよね」

「なるほど？」

「でも、この四つはいわゆる四大元素を司る神々に由来する物なの。だけど、こっちは世界樹に由来する物なの。だから何か、他の四つとは異質な気がして、『いっせーの！』で混ぜるのは、なんだか違う気がするのよね……」

「なるほど。そういうことでしたか……」

そうして、私とマーカスは互いに逡巡《しゅんじゅん》するように黙り込む。

そして、しばらくしてマーカスが口を開いた。

「神話を読んでみてはどうでしょう？」

「え？」

錬金術の悩みだというのに、一見唐突に思える提案に私は首を捻る。

「神々に由来する世界を構成する四つの元素と、世界を支えるという世界樹。デイジー様なら、その関係性から何かインスピレーションを得ることができるかもしれません」

「なるほどね……」

私は、マーカスのアドバイスに従って、二階へ上がることにした。なぜならそこのリビングにはみんなが読めるように本棚が置いてある。そこに、神話といった類いの本もあるからだ。

「神話、神話……創世神話とか、世界の成り立ちとか……」

私は本の背表紙を指でなぞりながら、目当ての本を探す。

「一般的に知られている創造神様を中心とした神話じゃなくて、その前のものだもの。ここにはさすがにないわね……」

ならば、かなり古い書物も収蔵してあった、グエンリール様の遺品の中にないだろうか。

私は、また王城にある図書館に赴くことに決めたのだった。

◆

王城の図書館で、神話関係の本が並んでいるあたりを数日探して、私はようやくめぼしい本を何冊か見つけ出すことができた。

「あ、あった！　……うん、これくらいかな」

数冊の本に目星をつけて、それらを取り出して腕に抱き、私はテーブルの椅子に腰を下ろした。

何冊目かを速読していたときに、その記述は見つかった。


【この世界には、はじめ双子の女神が生まれた。姉神の天空の女神とその妹神の大地の女神だ。

そして火の神が生まれ、やんちゃな火の神を諫《いさ》めるために水の女神が生まれる。

神が作りたもうた世界は球体である。

世界には三本の世界樹があり、その球体の世界を支えている。

天には、神々の住まう天界。

地下には、死後の魂の眠る冥界。

その間に、平らな大地が広がっている。

空には、昼は太陽が輝き、夜になれば、月や星々が煌《きら》めく。

それに見守られるようにして、人や、エルフや、魔族といった、神が自分達に似せて作った種族と、動物達が住んでいるのだ。

世界樹は、その枝で天界を支え、根で大地と冥界を支える。

世界樹は世界の基盤なのである】

「天も地も、世界樹が支えている……。そして大地には火も水もあるわ」

しばらく本を読んでいて、気になる部分を見つけた私は、それを自分の言葉に直して復唱した。

「支える。基盤……」

なんだろう。何かが気になった。

これを錬金術に当てはめたら。

何か、何かがわかりそうな気がしたのだ。

「……そうだわ！」

私はそう叫んで、ガタン！　と立ち上がった。

基盤とは、溶媒に似ているのだ。

その溶液に含まれる全ての物を包括する存在。それが溶媒。

溶媒とは、ポーションを作るときの水とか、生命の水のことね。

ならば、合点がいく。

世界樹の涙が、他の涙を溶媒として包み込めばいい。

全は一。

一は全。

全ては第一質料からなり、そして、世界に存在するありとあらゆるものを構成する。

世界は世界樹が支えている。

ならば、全てを支える世界樹の涙が、他の神々の涙を包み込めば良い。そうして世界樹の中へ溶け合って、一度全てを原初の一と帰し、再び至高の物へと変成させればいい。

だって世界はすべからく世界樹に支えられて存在するのだもの。

私はそう理解した。

なぜだか、それで正しいという確信が胸を占めていた。

私は、その本の貸し出し手続きをしてからアトリエへと戻ることにしたのだった。

◆

私は宝石作りのための小型の錬金釜を持ち出してきた。

……さぁて。最初は世界樹の涙さんね。

コトリ、と釜の中に世界樹の涙を落とす。

まぶたを閉じて、手をかざす。
そして魔力を注ぎ、溶けるようにと世界樹の涙に対して念じる。
まぶたを開くと、とろり、とした無色透明な液状に溶けていた。

……さあ、次に混ぜるのは？

ここに、世界を再構成するように、順番に対応する石を溶かし込んでいこう。
この世界に最初に生まれたのは天空の女神と大地の女神。
でも、双子とはいっても天空の女神様は姉で、大地の女神様は妹だ。
ならば、天空の女神の涙が先。
私は、天空の女神の涙を溶けた世界樹の涙が入っている錬金釜の中に落とし込む。
ぽとりと落ちたそれは、空色の円を幾重にも描いて溶け込んでいく。
次に、私は大地の女神の涙を落とす。
今度は土色の円を描いて石が溶けていった。

……次は、火、そして、水ね。

私は火炎王の涙を錬金釜の中に落とす。

すると、鮮やかな赤い円を描いて石は溶けていった。

最後に、氷の女王の涙。

それは水色の円を描いて溶けて消える。

私は撹拌棒《かくはん》を使って、全てが溶けた液体が均等になるように混ぜた。

……でも、これは、まだ全てが混ざっただけの物。


それじゃ、ダメよね。

錬金術は、無から有を生むもの。

今この中にある物は、まだ、何物でもない。

ならば、この液体の中に潜んでいる有益な能力、可能性を引き出すことこそが、錬金術。

さあ、私はいにしえの神々が望んだ本当の想《おも》いを引き出すのよ。

きっとそれが、この石達に託された、神々の想いの、希望のはずだから。

私は、撹拌棒を取り出し作業台の上に置く。そして再び、まぶたを閉じて錬金釜の上に手をかざす。

……私は、世界が平和であって欲しい。誰もが笑顔でいられるような、そんな世界に。

神様の想いはどうだったのだろう？　大地の荒廃や争いを嘆いて去っていった、いにしえの神々の想いも、私の想いと似ていたのではないだろうか？

そうであるならば、きっと作れるはず。そう思いながら、私は魔力を注いで念じていく。

まずは、冷やし固め、固形に。

そして、さらに魔力と想いを注いで、宝石に変えていく……！

……お願い！　世界を救う力をください……！

魔力と想いの丈を思いっきり注ぎ込み、私はぎゅっと祈りを込めるように目を閉じてそれを宝石に変成していった。

そうして私の魔力もあともう少しで尽きようとする頃、まぶた越しにもわかるほどに一瞬強く輝いた。そうっと私はまぶたを開く。

すると、錬金釜の中には無色透明なのに、光を受けて虹色に輝く美しい一粒の宝石が転がっていたのだった。

「でき、た……？」

その、たとえる物を思いつかないほど美しい宝石を見つめながら、私は呟いた。

あまりに美しくて、しばらく私は呆《ほう》けたように見つめ続ける。

「あ、そうだ、鑑定をしなきゃ……」

ようやく思いついて、鑑定の目で、その宝石を見つめてみた。

【祈りの石】
分類：宝石　　品質：最高級品質　　レア：ＳＳＳ
詳細：いにしえの神々と少女の想いが生んだ奇跡の品。平和への思いが込められた至高の宝石。あらゆる状態異常を解除し、人の心の中にある善性を引き出す力を持つ。
気持ち：みんなを救ってあげて！

「できたわ！」

私は、アトリエ中に響き渡るほどの声で叫んだ。

すると、何事かとアトリエのみんなが私の元へとやってきた。

「これはまた、美しい宝石ですね！」

マーカスにはまだ鑑定レベルが不足しているのか、その内容まではわからないようだけれど、その見た目の美しさを褒《ほ》め称《たた》える。

「わああ！」

ルックは、目を輝かせて宝石に見入っている。

「でも、宝石のままでは持ち運びに困りますね」

ミィナが首を傾《かし》げていた。

「落っことしたらなくしちゃうよ」

そう言うのはウーウェン。

彼女は恩人のグエンリール様が作りたがっていた物が多分これなのに、それには気がついていないみたい。錬金術師や鑑定士ってわけじゃないから仕方がないのかしら？

「いつものように、リィンさんに指輪かネックレスにでも加工してもらったらどうですか？」

そう提案してくれるのはアリエルだ。

「そうね。なんだかんだと装備品で指輪が増えちゃったから、これはネックレスかブローチにしてもらおうかしら……」

私はアリエルの提案を受け入れて、リィンの工房に出かけることにしたのだった。

◆

「またこれは、とんでもなさそうな物を持ってきたなぁ……」

鑑定は持っていないリィンといえども、持ち込まれたその石を見た瞬間、目を瞬かせ、呆けたような顔を一瞬してから、私に告げる。

「まあ、確かに非常に貴重な品よ。……例の、あの石達で作ったんだもの」

「作れたのか！」

テーブルに両手をついたせいで、ガタン、と音を立てながら、身を乗り出して叫ぶリィン。

「……うん。みんなの笑顔を守りたいって、世界を救いたいって願ったら……できちゃったの」

「そっか……」

するとリィンの片手が私の方へと伸びてきて、くしゃりと柔らかく撫でられた。

「デイジー、頑張った。本当にお前はいい子だな。……心の底から気のいい、そして、優しいいいやつだ」

そうしてくしゃくしゃくしゃとしながら、目を細めて私に微笑みかけたのだった。

「それで、ネックレスかブローチにしてもらおうと思って」

「そうだな……、どうせなら、デイジーのアゾットロッドにつけられるように加工しとこうか？　で、その上でネックレスにもブローチにもできるようにしておいてやるよ。その方が、状況に応じて合わせやすいだろう？」

「それもそうね」

リィンが提案してくれた考えは魅力的だった。

王冠や王笏《おうしゃく》、ティアラなどを飾る宝石って、普段は外してブローチやネックレスにもできるように細工してある物もあるのだそうだ。

リィンはそんな感じに加工してくれるのだという。

……これから、どうゲルズズに立ち向かうのかはわからないけれど……。

どんな形状でも身につけられるというのは、とても魅力的な提案だと思った。

私は、『祈りの石』と一緒にアゾットロッドも預け、いったん帰宅したのだった。

◆

「ねえねえ聞いた？　デイジーちゃん」

ある日店番をしていると、常連の女冒険者さんに雑談を持ちかけられた。

「どうかしたんですか？」

「それがね……戦争が始まるらしいのよ」

「え……」

どうやら、国家機密だったはずの情報も、様々な状況から、噂《うわさ》になってきているようだ。

もちろん、国の機密が漏れたというわけではない。

ただ、シュヴァルツリッターからの移民が増えたとか。

移り住んでくるのは女子供だけ。男性は兵士にするために国外に出られなくなっているのではないかとか。

移民達は、煮炊きするための釜など、溶かして武器にできるような金属を徴収されていて、生活もままならないとか。

そんな情報から、憶測へと形を変え、広まっているみたいだ。

「だからね、来るべき日のために、もっと強くなっておこうってみんなで言っていてね。みんなで訓練も兼ねて、冒険に行く頻度を上げようと思っているのよ。大丈夫、デイジーちゃんは後方支援をよろしくね！　みんな、あなたのことが大好きだから、守ってあげるわ！」

そう言って、くしゃくしゃと私の頭を撫でてくれる。

「そういうわけで、デイジーちゃん特製のポーションをたくさん買わせてちょうだい！」

「ありがとうございます」

私は、接客なので、ぎこちなくならないように気をつけながら笑顔を作ってお客さんを見送った。

チリン。

扉の呼び鈴が鳴って、お客さんが去っていく。

「……ありがとう、ございます……」

その背を見送り終えて、思わず涙が零れてしまった。

『みんな、あなたのことが大好きだから、守ってあげるわ！』

その言葉が嬉しくて。

そして、みんなが傷つくような無茶《むちゃ》を、本当はして欲しくなくて。

そんな複雑な胸中から、涙がこみ上げてきたのだった。

第九章　デイジーの覚悟

「デイジー！　できたぞ！」

アゾットロッドに祈りの石を飾ってもらったものを持ってきてくれたリィン。

「リィン、ありがとう」

私はそれをありがたく受け取って、その工賃を支払った。

「じゃあ、アタシはもう帰るけど、一人でなんかやるとか、無茶するなよ？　何かするなら必ず相談すること！　絶対だからね！」

そう散々私に言い含めてから、リィンは帰途についた。

私は、アゾットロッドに飾られた祈りの石を撫《な》でる。

「……私はどうしたらいいんだろう」

石に尋ねてみたものの、石の『声』は聞こえなかった。


……私は、戦争自体が起きて欲しくないの。


かつて王都に魔獣が襲ってきたとき、私は思った。

高品質なポーションがあれば、怪我《けが》をしても治る。

だけど、治るまでは痛みは感じるのだ。それまでなくしてあげることはできない。

……誰にも傷ついて欲しくない。痛い思いをして欲しくない。

そう思い悩んでいると、ちょうどウーウェンがやってきた。

「あれ？　デイジー様のロッド、ちょっと変わった？」

「うん、グエンリール様が作りたがっていた石ができてね。ほら、前に見せた石よ。……それをロッドに飾ったのよ」

そう説明してから、その石を撫でてみせた。

「すごい！　これがあれば戦争も争いもなくなるんだ！」

「……え？」

「グエンリール様が言ってた！　あいつの心を改心させるために、あいつに心をむしばまれた者を癒すために、この石が必要なんだって！」

「……！」

ならば。

「……ねえ、ウーウェン。もし、もしもよ？　私がウーウェンの背中に乗せてもらったら……」

「ひとっ飛びであの国に行って、その石を使えるんじゃないかな？」

「ウーウェン！　お願い、私を連れていって！」

「さっすが、グエンリール様のご子孫、ボクのご主人様だ！　ところで、大体の敵はボクが排除できるとして、デイジー様の防御はどうするの？」

「私にはこの石があるから……」

そう言って、私は左手の中指につけた守護の指輪に触れる。


……そう。きっと、緑の精霊王様が守ってくださるわ。


この指輪を装備していれば、魔法も武器攻撃も通じない障壁ができるから。

だから、きっと大丈夫。

私が。

私が一人……いえ、ウーウェンと一緒にあの国に行ってこの祈りの石を使えば。

この世を憂いて去ってしまったいにしえの神々の想いも、きっと、叶えて差し上げることができるはず。

そして、それは私の望みと同じだろう。


……戦争なんて、絶対に起こさせないんだから！

私は心に決めるのだった。

◆

私は、書き置きをした。

『必ず戻るつもりだけれど。もしもの場合は、マーカスを中心にアトリエを守って』と。

どこに行くかはもちろん書けない。

そして風に飛ばされたりしないようにペーパーウェイトを置いた。


……お父様とお母様。ごめんなさい。

私は約束を破って無茶をします。


私は心の中で、私を心配してくれている優しい両親にも謝罪した。

そして、王都の北西門を出て、ウーウェンとリーフと一緒に王都の外に出た。

私達は、ウーウェンが竜の姿になっても迷惑をかけなさそうな、広い平原を目指して走っていく。

「ウーウェン。ここなら大丈夫そう。竜の姿になって、私達をあの国に連れていってくれる？」

「もちろんだよ！」

人型のウーウェンが頷《うなず》いた。そして人型を解いて、竜の姿になったとき。

私達の背後から声がした。

「「「おーい！」」」

「デイジー様ぁ！」

「えっ？」

私はその声に驚いて振り返る。

その声は私が知っている人達の声。

リィン、マルク、レティア、アリエルだ。そして、レオンとティリオンもいる。

「みんな！」

私は瞳を瞬かせた。

「どうしてここに……」

「バァカ。お見通しなんだよ」

リィンが笑って、足を止めた私に追いついて、くしゃくしゃと頭を撫でる。

「ロッドをデイジーに預けたあと、ぜーったい勝手なことやりそうだからって、みんなを集めたんだ」

「……戦力がリーフとウーウェンだけでどうするんだ。しかもウーウェンじゃ敵国の人間をブレスで全員殺しかねないぞ。そうしたいのか？」

マルクが呆《あき》れたように指摘する。

「あ……」

そうだった、と私は思い直す。

「違うわ。私は、この事態を引き起こしている人に、改心して欲しいだけなの。そして、戦争を止めたいの。敵も味方もないの。誰も傷つけたくないのよ」

私は、『全ての人を』笑顔にしたいのだ。

戦争なんて起こらないようにしたいのだ。

「なら、私達は峰打ちとか、相手を殺めずに無力化する術を知っている。連れていって損はないぞ？　……なにせ、相手は相応のやつなんだろう？　ならば、ある程度の戦闘だって想定しとかなきゃならない」

レティアが説明してくれた。

「……そういえば……」

相手は、皇帝すら操る錬金術師ゲルズズ。

ならば、帝国の城の奥にいると考えておかしくないだろう。

「あの、ね……」

もう、みんなには私のやろうとしていることをきちんと伝えようと思った。そして私は口を開いた。

「ゲルズズという錬金術師が、賢者の石を作りたがっているの。でも、その素材が……魂なのよ」

「……うん、それで？」

マルクが、穏やかな声で、先を促すように相づちを打ってくれる。

「元々は世界樹を枯らすことで、冥界に眠る魂を得て、それで作ろうとしていたみたい。でも、それを私は邪魔してしまった」

「……うん」

「それで思いついたのが、戦争を起こすことかもしれないの。最近、シュヴァルツリッターが戦争を起こすって噂聞いてない？」

「ああ、聞いたな、その噂」

ドラグさん経由であの国と関係のあるリィンが顔をしかめた。

「……彼が戦争を手段としようとするのは、私が世界樹を救ったことも一因なのかもしれないの。魂を集めるのを、私に邪魔をされたから」

「デイジー様、それは違います！　そもそも世界樹が枯れていれば、世界が崩壊するのですから……」

里を救ってもらったエルフのアリエルが私の言葉を否定する。

「わかっている。わかっているけど……。でも、私に一因があること、それもまた多分事実なのよ」

「……だから、自分が行く、と」

マルクが盛大にため息をついた。

「……お前さんが考えそうなことだ」

そうして、仕方がないなあって顔をして笑って、頭をくしゃくしゃとされた。

「……お前さあ、一つ大事なこと忘れてない？」

「え？」

マルクに尋ねられた。

「最初に契約しただろう？」

レティアがぽつりと告げる。

「「……永久護衛権」」

二人が揃《そろ》って告げて、指にはめた指輪を私にかざしてみせる。

「全く。まずは俺らに相談しろよ」

マルクが肩を竦《すく》めて笑う。

「アタシ達はパートナーじゃなかったのかよ」

そう言うのはリィン。

「……私は受けた義理は返す主義だ」

ぼそぼそと呟《つぶや》くのはレティア。

「私はまだ、里を救ってもらったご恩を返しきっていません！」

そう握りこぶしをして宣言するのはアリエルだ。

「みんな……」

私は、視界がぼやけるのを自覚する。

湧き上がる涙が視界を邪魔したのだ。

「じゃあ、ボクの背に乗っていくのは、ここにいる皆さん全員ってことでいいかな？」

「「「オッケー！」」」

「みんな……！」

そうして、みんなでシュヴァルツリッターに乗り込むことに決定した。

そして、ウーウェンに乗って、みんなでシュヴァルツリッター帝国目指して大空を飛んでいくのだった。

◆

ザルテンブルグ王国の国境を越えて、ハイムシュタット公国に入ると、様相が変わってくる。

かろうじて逃げ延びた女性や子供を主とした一般民が、続々とシュヴァルツリッター帝国側から移動してきているのだ。

「こっち！　こっちですよ！　怪我人はいませんか？　いたら私が治します」

かつて聖女の座をかけてダリアと争ったフィデスが、あのうち捨てられた教会に人々を誘導していた。

「ここでしたら、雨露くらいはしのげます……って、あら？　影？」

ふと大きく大地を通り過ぎていく影に、フィデスが天を仰ぎ見る。

「……竜。竜がシュヴァルツリッターの方に飛んでいく……？」

天を横切っていく赤い竜を見て、ぼんやりと呟くのだった。

◆

「それにしても、なんで移民が女子供ばかりなのでしょう？　普通なら、男性が率先して彼らを守らないと危ないでしょうに」

ウーウェンの背から眼下の様子を見て、アリエルが疑問を呈した。

「……男は捕らえられているんだろう」

その疑問にマルクが答える。

「それはどういう……」

「戦争をしたいんだろう？　ならば兵がいる。男は、農民ですら一般兵にできるからな。でもせめて、弱い女子供だけでも逃がそうとする者もいるんだろう」

「……」

レティアの説明に、アリエルは言葉を失ってしまう。

それを聞きながら、私は改めて義憤をかみしめる。

本来、戦うためにいるわけでもない普通の民まで、戦争に狩り出すなんて……。

酷すぎる。

やっぱり、なんとかしてこの事態を止めないといけない。

私は決意を新たにするのだった。

◆

やがて、ハイムシュタット公国とシュヴァルツリッター帝国との国境を越えた。

まだ進軍を始めたというわけではないから、そんなに兵隊はいないようだ。

けれど、所々領主の城だろうか。

要所と見える城や砦《とりで》にたくさんの兵士が集められ、移動可能な大砲や大型の投石器などが置かれているのが見える。

大抵の砦は、あっという間に私達が飛び去ってしまうので、抵抗されることもなかった。

「……なんだあの点は？」

けれど、ある砦は、遠くから私達が飛んでくるのを発見したらしく、騒々しく叫ぶ声が聞こえてきた。

「竜だ！　赤い竜が来るぞ！　敵だ！　全軍防衛態勢！　投石器用意！」

指揮官らしき男の怒鳴り声が聞こえてくる。

すると、その声を合図にしたように、他の周りの兵士達が叫び出す。

「シュヴァルツリッターの敵は殺せ！」

「排除だ！」

「殺せ！」

指揮官の言葉をきっかけに、周りの兵士達が異常とも思えるほど興奮して敵意を隠すことなく逆上する。

「どうしたのかしら……。ちょっと兵士の状態がおかしい気がするけど……」

私は、彼らの様子を見て疑問を漏らした。

そんな私の横で、リィンは兵士の様子よりも、状況判断を優先する。

「アタシ達は精霊王様の守護があるからいいけれど」

その言葉を聞いて、私はすぐに我に返った。

「石を投げられたら、他のみんなは……」

私とリィンが青ざめた。

「そんなもん、ボクがさっと避けてやるさ！」

気楽にまるでゲームでも愉《たの》しむように言うウーウェン。

でも、もし当たってしまったら、みんなが落下して怪我《けが》をするどころか、人との戦闘になってしまう。

「……どうしたら……」

私は、祈りの石のついたアゾットロッドを、ぎゅっと握りしめた。

すると。

『願うのです。……平和を、人々の本当の幸福を願うのです』

どこからともなく、いや、頭の中にその声が聞こえてきて、私はもう一度祈りの石をぎゅっと握りしめる。

……お願い。本当の幸せを思い出して。家族との、友達との、笑顔で平和な生活を思い出して！

私は祈った。そして、アゾットロッドを天に向けてかざす。

雲間から差し込む太陽の光を受けて、祈りの石が七色の光を強く放ち、砦を照らす。

すると、攻撃をしようと躍起になっていた人達の手が止まる。そして、はっと我に返ったように、自分達の家族や恋人達のことを思い出し始め、話題にし始めたのだ。

「……あれ？　なんで俺達戦争の準備なんてしていたんだっけ？」

「ちょっと、待てよ！　俺、嫁さんが今妊娠中でもうすぐ産まれるんだよ！」

「おい、こら！　持ち場を離れるんじゃない！」

上官らしき人を放っておいて、人々は我に返り攻撃をする手を止める。そして、思い出した自分達の生活に、ああだこうだと騒ぎ出し、砦の屋上から階段へ走って下りていく者も現れた。

このときの私はまだ知らなくて、あとで知ったことだけれど、言われるがままに指示を聞いたり、興奮状態になって夜も眠らないで戦えたりする悪魔のような薬を、ゲルズズは兵士達に飲ませていたらしい。

これもあとから聞かされたことだけれど、兵士達を、まるで実験台のように使ってその効果を確認していたらしい。自分が作った薬とゲルズズは知らせずに。

きっと、このとき皆が我に返ったのは、祈りの石の力でそのおかしな異常状態が解除されたのだろう。

「……すごい。その石、なんなんだ」

「……祈りの石。平和のための石よ。これこそが本当の賢者の石を上回る至高の石。これが、錬金術師が作る究極のものなのよ」

マルクの問いに答えながら、私は決意を新たにする。

錬金術師が目指す、究極のものとは何か。

誰かのためだけに利益をもたらすものではなくて、みんなを幸福にするもの。それが、錬金術師が最後に目指す到達点。それが私がたどり着いた答えだ。

私はゲルズズと決着をつけてみせる。

それによってその答えが正しいと証明してみせる。

私はそう心に決めるのだった。


私達はウーウェンに乗ってシュヴァルツリッター帝国内を進んでいく。

やはり時折抵抗してくる勢力がいたけれど、祈りの石の力を使うと、皆我に返ったように戦意を失っていった。

「……これってどういうことなんだ。我に返るのはいい。それで皆が皆、戦意喪失って……」

「……洗脳に近い状態なんじゃないか？」

マルクの疑問に、レティアが答えた。

「別に、国同士や他国の人同士でいざこざが元々あるのならいざ知らず、理由もなく突然皆戦争をする気になるなんておかしいだろ」

リィンが我に返った人々を眼下に見ながら、分析していた。

「じいちゃんも言っていたよ。ザルテンブルグ王国とシュヴァルツリッター帝国の間に争いなんて元々ないんだ。強いて言えば、シュヴァルツリッター帝国がこの大陸を制覇しようと、過去に何度か目論《もくろ》んだことがあるだけだって。じいちゃんも収容されてそれに加担させられたことがある」

そう言って、リィンは唇を噛《か》んだ。

「……ちゃんと、考えを改めてもらわないとね」

私は、祈りの石をぎゅっと握りしめる。

彼らを倒そう、などとは考えてはいない。

だって、それじゃあ、彼らのやり方と何ら変わりがない気がするから。

力には力、それではダメだ。

ゲルズズと、彼に操られているという皇帝にこの石を使えば、全てが上手《うま》くいくはず。さらにこの帝国の民全てに使えば、きっと良くなるはず。

過ちに気づいてもらうのよ。

そう願って、私はやがて小さく見えてきた帝国の城を、目を眇《すが》めて見るのだった。

城の上は厚い暗雲に覆われていて、その雲間に時折稲光が見える。

でも、その厚い雲がわずかに空いた隙間があって、そこから日の光が一筋私達のことを照らしていた。まるで、祈りの石が、私達に与えられた、たった一つの希望だというように。

第十章　二人の錬金術師

城内に入ると、祈りの石で心を取り戻してくれる人だけでは済まない。

皇帝に、職務に忠実にという、ある意味の誠実さで私達に攻撃してくる兵士達がいた。

「やあっ！」

そんな帝国兵を、マルクがハルバードの柄《え》を彼らの腹に打ち込み、気絶させる。

「せいっ！」

レティアはカタナの鞘《さや》で打って相手を打ちのめす。

「せーのっ！」

リィンでさえも、相手が脳震盪《のうしんとう》で済む程度に軽く頭を打っていた。

大勢でやってくれれば、人型になったウーウェンの背中にはえているその翼で煽《あお》るとみんな転んでしまう。そこを追随するように、リーフやレオン、ティリオンも含めたみんなで頭突きなどをして気を失わせるのだった。


……一応、あとでポーション弾を撃ってあげた方がいいかな？

少し心配になったけれど、ここは先に進ませてもらうためには仕方がない。倒れていてもらおう。

戦意のある人達には、一人一人気絶してもらってから、私達は城の奥へ奥へと進んでいく。

私達は城の奥へと続く道をたどって、とうとう城の中枢部へと続く壁の前にたどり着いた。

それは、リーフ、レオン、ティリオンの跳躍と飛翔《ひしょう》力の前には意味をなさない。彼らの力を使って、私達は易々《やすやす》と壁を越える。

さらに、割りやすそうな木戸や窓を見つけて、それをリーフが体当たりして割って、そこからみんなで城内へ侵入した。

私達は城内をさらに奥へと進む。

不思議なことに、城に入ってからは祈りの石がまるで「こちらだ」とでも言うように、ある一点を指し示す。

「多分、こっちへ行けってことだと思うの」

私はみんなにそう伝えて、その光に従って城内を進むことにした。

城の外ももちろん長かったけれど、城内も長い道のりだった。けれど、こちらは本来であればSランクでもおかしくないと言われるほどの腕前の冒険者のマルクとレティア、そして、規格外のリインに、エルフの王女として卓越した腕前を持つアリエルがいる。

今までの冒険に比べたら、兵士や騎士など相手にもならなかった。

「ごめんなさい。怪我していたらあとで治すから」

そう言い残して、私達は城の奥へと進むのだった。

やがて、一つの巨大で豪奢《ごうしゃ》な装飾を施された扉の前にたどり着いた。

祈りの石の光はその中をまっすぐに指し示している。

「……ここだと思う、多分」

すでに、その扉を守っていた兵士には気を失ってもらっている。

私達は、その扉を開けた。

そこにいたのは、玉座とおぼしき豪奢な椅子に座る老人。そして、彼のそばに黒いローブを纏《まと》った老人が立っていた。

ローブ姿の老人は、首からネックレスをさげていて、そこには赤く小さな石が留《と》められている。

また、その老人の立つ横には袖机が置いてあり、そこに一つのフラスコが置かれていた。

そして私が持つ祈りの石は、その光でまっすぐに、その赤い石を指し示していたのだった。

「赤い石……血の色のような、赤い宝石……」

私は、以前アナさんに聞いた、死者の魂から作った不完全な賢者の石のことを思い出した。

「何者だ！」

上座にいる漆黒のローブを着て杖《つえ》を突いた老人が、控えている兵士達に私達を捕らえるよう手に持った杖で指示をする。

それに促されて兵士達が私達の方へ駆け寄ってくる。

しかし、それよりも早く距離を詰めたマルクとレティアに気絶させられ、残りもアリエルの魔法の矢で足止めされ、リィンに頭突きで気絶させられる。

躍起になって私達を捕らえるようにと指示を出すローブ姿の老人に対して、玉座に座る豪奢な服を纏う老人は一切言葉を発せず、不思議なくらい微動だにしない。

「ええい、揃いも揃《そろ》って役に立たんやつらばかりめ……。貴様ら、何者だ！　儂をゲルズズと知っての狼藉か⁉　何の用があってこのような場所で騒動を……」

そこで、ローブを着た老人の言葉が止まる。

その視線は、私と、その横に控える赤い翼をはやしたウーウェンに釘付《くぎづ》けになっていた。

「若葉のような緑の髪、空色の瞳。そしてその面影。それに赤い竜……」

ゲルズズが口元を押さえてうろたえる。

「グエンリール……？　いや、だが性別も年齢も釣り合わん……お前は何者だ！」

私はそんなにグエンリール様に似ているのだろうか？

ゲルズズが私の顔を、頭のてっぺんからつま先までを眺め見たあとに、私に確かめるように叫んだ。

「グエンリール様を思い出したか！　それは当然さ。この方はボクの新しいご主人様。グエンリール様のご子孫の錬金術師様さ！」

私の代わりにウーウェンが答えたその言葉に、はっと瞠目《どうもく》してゲルズズが私を直視する。

「グエンリールの子孫……、しかも、錬金術師だと？」

一瞬動揺を滲《にじ》ませたゲルズズの視線が、再び厳しさを取り戻す。


……ちょっと、怖い。でも。

周りを見ると、さっきまで抵抗していた兵士達はマルク達が全員縛って拘束してくれたらしい。

そしてみんなが私を勇気づけるように笑って頷《うなず》いてくれて、大丈夫なんだ、って思えた。

だから、私はゲルズズの言葉に頷いた。

「そうよ。私はデイジー・フォン・プレスラリア。ザルテンブルグの錬金術師！　あなたが引き起こそうとしている戦争を止めに来たわ！」

私はそう宣言して、アゾットロッドに飾られた祈りの石を差し出してみせた。

「これは、いにしえの神々が平和を願って残した宝石をもとに作った祈りの石。グエンリール様が作りたかった石。これは全ての人に平和をもたらす石よ。これが、錬金術師が目指す究極の品だわ！」

「ええい！　世迷《よま》い言《ごと》を！　不老不死をもたらすエリクサー、そして賢者の石こそが錬金術師の究極の目的だ！　錬金術師ならそれくらい知っておるだろう。……まあ、いい。グエンリールの子孫であろうとも、儂の悲願を邪魔立てするならば容赦はせん」

そうしてゲルズズは手に持った杖を振りかざして叫んだ。

「出《い》でよ、我が生み出した最高の生物兵器、複合獣達《キメラ》よ！」

ゲルズズが叫ぶ。

すると、頭がライオン、山羊《やぎ》の胴体、大蛇の尻尾を持った、まるで神話や伝説でキマイラと呼ばれるような魔獣が一体。

さらに、まるでドレイクを三つ首にしたような巨大な魔獣が一体現れた。

キマイラはそのライオンの口から。三つ首のドレイクは三つの口から。合計四つの口から炎を吐き出していた。

「なんだありゃ！」

歴戦の冒険者のマルクでも見たことがなかったのか、彼が驚いたように瞠目して叫ぶ。もちろん私達は全員距離を取って警戒するのは怠らない。

「ホムンクルスは、ろくな知恵も持たんし兵力にもならん、なんの役にも立たん出来損ないの代物だったのでな。ならばと、魔獣を合成して強化する術を考えたのだよ！」

ゲルズズはそう言って、何か黒い靄《もや》の入ったフラスコをかざしてみせる。それがホムンクルスだとでもいうのだろうか。

「やめろ！　出来損ないと言うなら殺せと言っているだろう！」

ホムンクルスらしき黒い靄が喋《しゃべ》って、ゲルズズに悪態をつく。

「役に立たんくせに、口だけはうるさいやつだ」

そう言って、ゲルズズはもう興味はないとでもいうように、ホムンクルスの入ったフラスコを机の上に捨てておくと、フラスコは机の上でコロコロと回り、やがて止まった。

「ホムンクルスが使い物にならなければ、魔獣を合成して作り上げた強力な複合獣《キメラ》達ならどうだ！我が野望を果たすために、戦争に投入してやるつもりだったがちょうど良い。試しに運動させてやろう。さあ、こやつらの手によって息絶えるがいい！」

「酷《ひど》いわ！　魔獣とはいっても、命をこんな風に弄ぶなんて！」

私は、醜悪で凶悪な体にされた魔獣の姿に恐怖と共に憐憫《れんびん》を感じた。私達だって魔獣を倒したことはある。だけど、おもちゃのようにその体を弄ぶ行為には嫌悪感を覚えた。

そして同時に、生み出されていながら、ぞんざいに扱われるホムンクルスにも哀れみを覚えた。

しかし、私が感傷的になっている間に、マルクは冒険者としての経験から冷静な判断をしたらしい。強い口調で指示が飛ぶ。

「みんな！　炎に備えて装備を変えろ！　火鼠《ねずみ》のマントと氷属性の武器に持ち替えるんだ！　デイジーはリーフと共に後方に待機！」

「了解！」

私ははっとして、思考を戻す。

各々がマジックバッグから装備を取り出し、複合獣《キメラ》達が生み出す火に対抗できる装備に替えていく。

それは賢者の塔のドレイクを攻略しようと作り上げてきた装備達だ。

「伝説のキマイラを模して造ったなら、キマイラの尾の蛇は強力な毒を持っているはずだ。まずは大蛇の尾を狙うぞ！　炎のブレスには火鼠のマントで持ちこたえろ！」

「了解！」

マルクの言葉に反応して、まず、ティリオンに乗ったアリエルがキマイラの尾に矢を射かける。

しかし、尾を振り回す勢いが激しく、矢で捉えることはできなかった。

私は後方で支援が必要なタイミングを待ちながら、二体の獣の動きを目で追う。すると、キマイラと、三つ首のドレイクの喉奥がそれぞれ明るく光るのが目に入った。

……多分炎を吐く！


「みんな！　ドレイクとキマイラの頭の方に気をつけて！　炎を吐くわ！」

私の言葉に反応して、皆が火鼠のマントで体を覆う。

ごうっという轟音《ごうおん》と共に四つの口から炎が生み出され、床面を溶かしていく。けれど、火鼠のマントで覆ったみんなはかろうじて無事のようだ。赤竜のウーウェンの炎さえ一度は防いだマント。だから、覆うのが間に合いさえすれば炎に傷つけられることはなかったのだ。

「癒しの霧雨《キュアミスト》！」

私は念のため、みんなに順番にポーションをかけて回復させる。

その攻撃が終わった瞬間のわずかな隙を見逃さず、レティアが素早い動きでキマイラの尻尾に肉薄する。そして、その付け根からカタナで切り落とす。間髪いれずに、のたうつ蛇の頭をカタナの切っ先で突き刺した。すると、みるみるうちに蛇の頭が凍り付いていく。そして最後には動かなくなった。

レティアの武器は絶対零度のカタナ。回復不能の氷結を付与するのだ。

そして、それを見届けると、レティアはすぐにバックステップでその場を離れると距離を取る。

「よし、レティアよくやった！」

私達はなんとか毒の問題は解決した。

「……あとはあの火を吐く四つの口なんだよなぁ……」

マルクが呟いた。

二匹のうちでも特に、尾を切り落とされたキマイラはその痛みなのか屈辱からなのか、血走った目で私達を睨《ね》め付《つ》けていた。

「リィン！　キマイラはお前が喉を潰せ！　アリエル、お前は目を狙ってリィンの補助だ！　こっちは俺らが引き受けた！」

「「了解！」」

「ボクも加勢する！」

ウーウェンが赤竜の元の姿を取り戻し、三つ首のドレイクと対峙《たいじ》した。

まずはティリオンに乗ったアリエルが、キマイラを攪乱《かくらん》するように右から左からと矢を射かけていく。それらはやがて両の目に命中し、凍り付く目にキマイラが咆哮《ほうこう》を上げる。

「これで凍り付かせてやる！」

リィンを乗せたレオンが跳躍し、リィンは絶対零度のハンマーを振りかざす。大きく開いた口に叩きつけ、ピキピキ凍り付かせながら、引き裂くようにして喉ごと頭を潰した。

やがてその氷はキマイラの全身を覆う。

「よし、あとはこっちだけ！」

そうマルクが構えると、赤竜の姿のウーウェンが一歩前に出る。

「ドレイクの喉なんてボクが焼き切ってやる！　本物の竜が生む熱を思い知れっ！」

そう叫んで、ウーウェンが左端の首に食らいつく。ジュウジュウと肉が焼ける嫌なにおいがする。

ドレイクの左首はめちゃくちゃにその首を振り回して抵抗した。だがやがて、ウーウェンがその牙と熱で、最初の一本の首を焼き切った。

残るはあと二本だ。

「レティア、右に行け、俺は中央に行く！」

「了解！」

まずはレティアが右の首に向かって跳躍する。そして、炎を生む器官があるあたりを、横からカタナの切っ先で突き刺して、そこから溶けない氷を生み出していく。首は刺された部分を中心にして口の先まで凍り付き、もう反撃はできない様子だった。

「あと残り一本……！」

一番太い中央の首とマルクが対峙したところで、炎が真正面から吐き出された。

「まず……っ！」

しかし、ちょうどそばにいたレティアが二人の体ごとマントで覆い隠し、二人共回復可能なやけどで済んだ。

「リーフ、行くわよ！」

「承知しました！」

リーフがレティア達の方へ疾走する。

「癒しの霧雨《キュアミスト》！」

私は二人にハイポーションをかける。

「デイジー、サンキュー！　そら！　お返しだ！」

炎を吐き出し、開いたままの中央の首に、マルクが跳躍して、氷地獄の槍斧《やりおの》の穂先を、火を吹き終えて開いたままの口に突き刺した。

「これで凍り付いちまえっ！」

すると、じわじわと凍り付く範囲が広がっていく。やがて、その頭も絶命したのか、だらりと垂れ下がった。

「賢者の塔では肩透かしだったが、デイジー達の装備、こんなところで役に立つとはな」

ドオォンという地響きを立ててドレイクが倒れ込むのを、満足げに眺めながらマルクが満足そうに呟いた。

それを聞いて私も、随分と長い手順だったけれど、作っておいて良かったと感慨深く思う。

なぜなら、あの一連の冒険と錬金術で武器や防具を作る作業のおかげで急場をしのげたのだ。無駄にならなかったどころか、この装備があったからこそ、複合獣《キメラ》などという魔獣を強化したものを退治することができたのだ。

「な、な……。あれらを全部倒しただと⁉」

ゲルズズが後退しながらうろたえる。

「あなたの複合獣《キメラ》は倒したわ。切り札はもう終わりね？　もう、魂を材料なんかにして賢者の石は作らせない！」

「何を言う。お前も錬金術師の端くれなら、エリクサーの価値ぐらいは知っておろう！　賢者の石が完成すれば、それをもとにしてエリクサーが作れるのだ！　不老不死になれるのだぞ！　お前達、ここで見逃せばそれをお前達にも分け与えよう！」

でもみんな、思いは私と一つだ。順に見回すと、全員頷いてくれた。

「知っているけれど、いらないわ。だって、それは何人の人に恩恵をもたらすの？　そして、永遠に生きることが果たして本当に幸せなのかしら？」

ゲルズズに逆に私は問うて返した。

「選ばれた人間がその他の人間を支配し、永遠の命と若さと共に、一貫した統治をする。それこそが統治というものの理想だろう！」

一貫した統治。確かにそれは理想的に思える。

統治者がコロコロ替わって、施策が定まらなければ、大きなこともなしえない。

子爵家出身と生まれた家の爵位はそう高くなくても、それくらいは私にもわかった。


……だけど。


私は、周りにいるみんなをもう一度見回した。

もし私達がエリクサーを使って永遠の命を得たとしたら？

その犠牲として、王都のみんなが賢者の石の素材になったとしたら？

もし素材にならなかったとしても、永遠に生き続ける私達を置いて、家族だって友達だって、みんないつか死んでしまうわよね？


……そんなのいや！


「本当に永遠の命なんて欲しいの？　友達も、家族も……一緒に生きたいと思う人はいなかったというの？　グエンリール様は友達じゃなかったの⁉」

私は私が出した答えを、ゲルズズに投げかけた。

彼だって元々は普通に生きていたはず。ならば、家族だって友達だって。愛する人はいたはずだ。

ゲルズズは友達だったたって……グエンリール様はそう書き遺《のこ》していたもの！

「……はっ。くだらん感傷か！　そんなものとうに捨てたわ！　友だと思っていたグエンリールなど、儂が見捨てられたと言った方が……」

「違うわ！」

「何が違うというのだ！」

ゲルズズが、怒りをもって杖《つえ》を持った手を横に振り上げる。

「見捨ててなんかいない！　だって、グエンリール様は本にあなたを友達だと綴《つづ》っていたもの。あなたを止めたいって。だから研究するんだって。いつかあなたを、未来の誰かに止めて欲しいって、そう書き遺していたもの！」

私はゲルズズを恐れず、真っ向から否定した。

だって、グエンリール様の想いだけはちゃんと伝えたかったから。

それも私がここへ来た理由の一つだもの。

グエンリール様は、友達のゲルズズを止めて欲しいって、そう書き遺していたもの。

「……友、だと？　あの去っていったグエンリールが？　儂のことを？」

驚いたようにゲルズズが瞠目《どうもく》する。開いた彼の口は何も声を発しない。

そして、彼は胸に手を当てた。その手は小刻みに震えていた。

「あれは儂を見限って去った。……儂の研究を否定して去り、塔に籠もったと聞く……」

「そうね、あなたの前からは去ったかもしれない。でもその塔の中であなたに間違った研究を見直してもらうための……正しい、いえ。善なる心、良心からくる答えを探し求めていたのよ！」

私が告げると、力を失ったかのように、杖を持ち横に差し出していた腕が、だらりと下がる。

さらに、ゲルズズは自分の皺だらけの手で胸をかきむしった。

「ではなんだ。儂は友と生き別れ、不完全なエリクサーで生き延び、さらにその友とは知らぬうちに死に別れ、誰もわかり合える者もいないまま、生きてきたというのか……？」

そう言ってがくりとくずおれて両膝を突く。手から離れた杖が床に転がり、カランとむなしく乾いた音を響かせる。

「……グエンリール様が、錬金術師でないにもかかわらず、見つけ出した答えがこれ。そして、私がその素材の一部と志を引き継いで作ったのがこの祈りの石よ！」

私は、もう一度、ゲルズズに祈りの石を差し出してみせた。

ゲルズズは膝を突いて項垂《うなだ》れたまま、皇帝かと思われる人が座る玉座の肘掛けに片手をかけた。

「……グエンリールは。グエンリールはそのために塔に籠もったのか？　賢者としての輝かしい未来がありながら……」

「……そう書き記してありました」

ゲルズズの問いに私は答える。

「……お前達、ここまではどうやって来た。いくらグエンリールの遺した竜がいたとしても、各要所には戦力を配備していたし、ましてやこの城下町から城内も武装させていたはずだ」

「この祈りの石の力で、大抵の者の意識は正常さを取り戻しました。……そういえば、あなたは彼らに何をしたのです。彼らは異常でした。言われるがまま指示に従い、疲れも恐れも知らずに戦っていました」

「儂が作ったバーサークのポーションだ。……それが疲れも知らず、眠気も知らず、勇猛果敢に恐れることなく戦える戦士を作れる」

「なんてことを……。この石は、全てを正常化する石。人々に本来の良心を取り戻させ、その異常な状態から解放しました」

「最初儂は、エリクサーを完成させざるを得なかった。今は亡きグシュタークス帝国の皇帝の下に囚《とら》われ、言われるままに研究せざるを得なかったのだ」

ゲルズズが戦意を失ったかのように力なく語り始める。

「……だがいつしか、自ら研究に没頭するようになった。賢者の石とそれから生まれるエリクサーを完成させれば、賢者の石を作り上げた唯一無二の錬金術の達人《アデプト》としての誇りを抱いて、永遠に生きていけるのだと、そう信じるようになったのだ」

私達は、彼の言葉をただ静かに聞いていた。

「儂は目的を達成するために、グシュタターク帝国が衰退したのを見限って、今度はシュヴァルツリッターの国王に取り入った。未完成のエリクサーの不死の力で魅了し続け、そして軍国主義の帝国に仕立て上げた」

そう言葉を句切ると、ゲルズズは両手で顔を覆う。

「だが、そもそも儂は間違っていたのか？　……賢者の石もエリクサーも、完成させたとしても、最高にして唯一の友は永遠に還《かえ》ってこない。その上、グエンリールは儂が作り上げようとしていた、なそうとしていたこととは真逆のことを目指していたなんて。儂の目を覚まさせるための手立てを模索していたなんて」

「……そうよ。あなたのために」

「……なんてことだ……」

ゲルズズは、「……ああ……」と言って、その場で額を床につけた。

「だが、儂にはもう彼と同じ道を行く術はない。仮に死しても、彼と同じ輪廻《りんね》の輪の中に還ることも許されず、紅蓮《ぐれん》の炎《ほのお》に苛《さいな》まれるような裁きを受けるのだろう……」

そう言ってその場にくずおれた。

「そうだ、お前。……いや、グエンリールが遺した娘よ。グエンリールがその素材を遺した。そして、そなたがその祈りの石とやらを作った。……それは全てを正常化すると言ったな？」

「そうです」

「ならば、儂とこの皇帝に使ってみてはくれないか」

額を床につけたままで、まるで懇願するかのようにゲルズズがそう申し出た。


……そういえば、皇帝なのに、なぜこの人は何も言わないのだろう？


「……皇帝陛下は……？」

「……これは生きているだけの存在《モノ》だ。すでに心の臓などの最低限生きていくための機能しか動いていない。見えず、聞くこともできず、口もきけない。ただの人形だ」

「え……？　それじゃあ、他の人達はどうして言うことを聞いているの？」

私は、自然と眉間に力が入り皺が寄っているだろうことを感じた。

「彼が話しているふりを、儂が陰でしていただけだ」

「……そんな」

「……もう終わりでいいだろう……。そして儂も賢者の石も。もう、儂は疲れた。十分長く生きた。そのくせ、儂の心の中は真実を知って空っぽだ。その祈りの石とやらを使えば、本来人が持つべき寿命を超えて生き続けている儂の生も終わるだろう……そうだ、それでいい。娘よ、それを使うがいい」

そう、ゲルズズは力なく呟いた。

……彼らを正常化……、それって私はこの人達の命を奪うことになるのかしら？

その思いが脳裏をかすめて、私は石を使うのを躊躇《ちゅうちょ》した。

そのためらいを感じ取られたのだろうか。

「人を殺すのは怖いか？」

そう、ゲルズズに問われた。

「……怖くない人間になどなりたくはありません」

私は、それにはきっぱりと答えた。

「じゃあ、こう考えればいい。一般的な正義の下では、人をこの世から消し去ることは悪だろう。だが……」

「……」

「……儂はグエンリールと同じ年に生まれた存在だ。この皇帝も、人では到底あり得ない年数を生きている」

「……」

「……生きている方が異常な存在だとは思わんか。神の倫理に背いているとは思わんか？」

「……それは……私にはわかりかねます……」

「じゃあそうだな……」

「……なんでしょう」

「……儂をグエンリールの元へ逝かせてくれ。罪にまみれたこの身では、輪廻の輪の中に戻るのは許されないだろう。だが、もう一度だけでもあいつの顔を見たい。会いたいのだ……！　この訴えでも、お前の心を動かすことはできないのか⁉」

そう繰り返すと、ゲルズズは慟哭《どうこく》を始めた。

「知らなかったのだ。グエンリールは儂を見限って去ったのだと、決別したのだとずっと思っていた。だが、その生涯を賭して、儂のことを改めさせるために人生を費やしただなんて……！　真の友だったのだと、気づけなかったのだ……！」

そういうと、頬《ほお》を濡《ぬ》らす涙をそのままに、ゲルズズが顔を上げた。

「頼む！　それを、儂に使ってくれ！『正常な状態になる』のなら、もうこの命は潰《つい》えるはず。そして、あの世に行く一瞬にでも、あいつに会えればいいのだ……！」

ゲルズズは必死に、そして悲壮な声で叫んだ。

でも、グエンリール様は、自分の研究を使って、友人であったゲルズズの命を奪うことまで願うだろうか？

そう考え出すと私は答えを出せず、動くことができなかった。

ゲルズズがたどってきた道は、たくさんの人々を不幸にしたのは確かだ。

でも、私にはどうするべきかわからない。

彼の願うとおり、祈りの石を使えば良いのだろうか？

けれど、そうしたら彼らはどうなるのだろう？　無事でいられるのだろうか？

今ゲルズズが乞うとおりに祈りの石を使ったとして、その結果、どうなってしまうのだろう。

この今私が手に持つ力を行使しても良いのだろうか。

私は頭の中で堂々巡りを繰り返す。

祈りの石を彼らに使うことが『善なる心』に値する行為なのか、そして後悔しない結果に結びつくのか、私には自信を持って決断することがどうしてもできないでいた。

すると、すぅっと黒い薄闇が床から立ち上がって、かつて星のエルフの里で出会った冥界の女神様が顕現なされた。

「女神様……！」

「デイジー。大丈夫、それを使いなさい。その結果を受けとめるのは私の管轄。今世で愚かな振舞いをしたこの二つの魂の管理もまた、私の仕事だ。……さあ、ためらいはいらない。祈りの石を使いなさい。貴女《あなた》の心の中に少しでも彼を哀れむ温かな心があるのであれば」

そして、そっと私の背を押した。

「……悲しい結果には、ならないから」

その言葉を聞いて私は覚悟を決める。

私は、ぎゅっと祈りの石が飾られたアゾットロッドを握りしめてから、アゾットロッドを天に向けて掲げた。

持っている力を使うと、私は決めた。

「……祈りの石よ。ゲルズズと皇帝を……シュヴァルツリッターを正常に戻してちょうだい！」

私は天に向かってそう叫んだ。

すると、祈りの石から厚く重なっていた鈍色《にびいろ》の雲へ向かって一本の光りの筋が昇っていき、貫いた。

暗く積み重なっていた雲は、だんだん風に吹き飛ばされていき、やがて、太陽の光が雲間からまるで光のカーテンのように差し込んできた。

その光がゲルズズと皇帝を含め、シュヴァルツリッターの大地を照らす。

水銀で汚染され、未完成のエリクサーで長く生き続けすぎたゲルズズと皇帝の体は、徐々に指先の末端から灰色に変色していく。


……痛くはないのだろうか、辛くはないのだろうか。

相手が相手だといっても、どうしても心が痛んだ。

「……大丈夫」

そっと私の肩に手を置いて、冥界の女神様がそう呟《つぶや》く。

「……おいで、グエンリール。お前の友がやっと目を覚ましたよ」

そう告げると、女神様の前に、若葉色の柔らかく波打つ髪を持った若者が姿を現した。

「……グエンリール……」

灰色になったゲルズズの体が、まるで灰のように末端から崩れ始める。

ゲルズズは、崩れゆく指先をグエンリール様に向かって伸ばす。その顔は涙ながらに笑っていた。

「……会いたかった……。我が友、グエンリール」

そう呟くゲルズズのそばに、グエンリール様が歩み寄る。

グエンリール様は、まるで慈愛とでも表現したら良いかのような微笑みを浮かべていた。灰になっていくゲルズズを、まるでその腕《かいな》に抱《いだ》くかのような姿勢で受け止めながら。

やがてゲルズズの体は、グエンリール様の腕の中で、灰となって崩れ落ちていく。

「待っていたよ。そして、お帰り。我が友よ」

そして、そう呟いたのだ。

ゲルズズが灰となる傍《かたわ》らで、彼の未完の賢者の石もまた、灰になって崩れ去る。皇帝も、ホムンクルスも。

やがて灰になったものから、魂が浮かび出る。それは冥界の女神様の杖《つえ》の先端についた宝石に、分け隔てなく全て吸い込まれていった。

そうして冥界の女神様が言ったのだ。

「……輪廻の輪の中に還るよ、みんな」と。

柔らかな声でそう告げる、冥界の女神様を私は呼び止める。

「女神様！」

その声に応じて、冥界の女神様が私の方へゆったりと振り返る。

「どうした、デイジー」

「ゲルズズも、皇帝も……。可哀想《かわいそう》なホムンクルスも。新しい生を得られるのでしょうか」

「ああ、そのことか。それなら大丈夫」

そう言って、女神様はふわりと微笑む。

「ゲルズズと皇帝。彼らも輪廻の輪の中に戻る。ただし、罪を犯した二人は、これからの輪廻の中で犯した罪を贖《あがな》っていくことになるから、しばらくは苦難の多い生になるけれどね。それと、ホムンクルスは特殊だが……可哀想な命だ。新たな生を与えてやろう」

それを聞いて、ひとまず私はほっとする。

彼らも、神の庇護《ひご》する輪廻の輪に戻れると聞けたから。

「……できれば、グエンリール様とゲルズズが、またどこかの生で、友人として巡り会えますように」

私は心の奥底で願ったその言葉を、祈るように口にした。

すると、グエンリール様が私を見て微笑《ほほえ》んだ。

「……ありがとう、私の子孫よ。友を救ってくれて。私がなしえなかった、あの祈りの石を君が作り上げてくれたから得られた結果だ。心から君を誇りに思うよ」

そうして、そっと私の頬を撫《な》でた。

次に、女神様の隣に緑の精霊王様が顕現される。

「久しぶりだね、デイジー。良くやってくれた。信じていたよ、我が愛《いと》し子《ご》。君を私の愛し子に選んで本当に良かった」

「精霊王様……」

私は、優しく肩を引き寄せられ、ふんわりと精霊王様に抱き留《と》められる。

「デイジー。安心しなさい。私達残った神々は、人を、この世界に生きる、あまねく存在を愛している。地上に住まう者達を信じているからね」

「良かった。では神様は、見守ってくださっているんですね。お見捨てにはならないのですね」

人々の行いに心を痛めてこの世界を去った、いにしえの神々のことを思い出して私は問いかける。

「ああ、大丈夫。私達神々が人々に希望を見いだしているように、君達も希望を持って生きなさい
……ああそうだ」

精霊王様がふと思いついたように笑顔になる。

「三本の世界樹も、君達の尽力のおかげで、無事元気を取り戻し、世界は安定に向かっている。

……ありがとう」

「……やるべきことをなしたまでです。でも、私達の手で世界に安定をもたらすことができて嬉しいです」

胸に手を当てて、それぞれ三つのエルフの里の世界樹を私は思い出す。そんな私に、名残惜しそ

うに精霊王様は額に柔らかな口づけをくださる。

「では、私達は行くよ。ありがとう、デイジー」

そう言い残すと、冥界の女神様も緑の精霊王様も、全てが消え去っていったのだった。

私に緑の精霊王様の優しい温《ぬく》もりを残して。

第十一章　王都の外れの錬金術師

こうしてゲルズズの野望も潰え、戦争が回避され、大陸に平和がもたらされた。

私達がウーウェンに乗って帰ると、ザルテンブルグの方角の空になぜか大きな花が咲いていた。

「戦争回避ばんざーい！　デイジーお姉様お帰りなさーい！」

なんとリリーはホーエンハイム家のアルフリートのところに入り浸っていると思ったら、『祝砲』という、大砲から打ち出して空に花を咲かせる火薬を発明したのだそうだ。

それを盛大に何個も空に打ち上げて、私達の帰還を祝った、とのことだった。

シュヴァルツリッター帝国では、当然あの場にいた皇帝も灰になってしまった。けれど、跡継ぎとされていた人はその皇帝のやり方に懐疑的だったそうだ。

だから、私達の行為を責めるでもなく、すぐにザルテンブルグ王国とハイムシュタット公国の国王陛下に連絡を入れたらしい。

そして、国と国、新しい皇帝が治めるシュヴァルツリッター帝国とザルテンブルグ王国とハイムシュタット公国の三国の間で会談が持たれ、和平条約を結ぶことになったそうだ。

シュヴァルツリッター帝国の新皇帝の動きは速かった。

私達は、シュヴァルツリッターから戻ったあと、ゲルズズとの一件について、一切のことを報告するため、みんなで登城した。そして、謁見の間で、内密に国王陛下に報告を行った。

「今回未然に防げた戦争は、全てはシュヴァルツリッターの前皇帝と、ゲルズズという錬金術師により画策されたものでした。ですが、邪法により長く生きすぎた彼らは、この祈りの石の力によって輪廻《りんね》の輪の中に還《かえ》りました。もう二度と同じことは起こらないでしょう」

私は陛下に報告をする。横にいる宰相閣下も頷《うなず》いている。きっと、シュヴァルツリッターの新皇帝からの話とも相違はないからなのだろう。

人の魂が賢者の石の素材だったとか、今後の悪《あ》しき知識になりそうなことは伏せて報告した。それらは、今後悪用されないためにも、私達の胸の内にだけしまっておいた方が良い。

「そうか。危険を顧みず、大陸の平和のために尽くしてくれて感謝する」

陛下は私に頭を下げてくださった。国を、大陸を代表してのことなのだろう。

「デイジー。そして、マルク、レティア、リィン、アリエル、ウーウェン。大陸を治める者の代表として感謝する。君達の功績に見合った報酬といっても、そうそう釣り合う物はないだろうが、何か望みはあるだろうか？」

私達は顔を見合わせる。

「……ある？」

みんなが浮かべるのは、困ったような苦笑いだけだった。

「……今は皆なさそうだな。私は無欲で善良な民を持って誇らしい。何か必要が生じたら相談に乗ろう。それで良いかな？」

私達は全員、それで頷き合った……のだが。

と、そこで私は思いついてしまった。

「陛下、……実は一つお願いがあるのです」

「なんだい？　願い事があるなんてデイジーにしてはめずらしいな。言ってごらん」

驚いたような顔をして陛下が私をごらんになる。

「親がいなかったり、貧しかったりしても孤児院に入れていない子が、孤児院に入れるように。学校に通えない子が、みんな学校に通えるように。それを国に支援をしていただくというのは無理でしょうか？」

そうすると孤児院も国民学校の規模も大きくしなければダメで、難しいお願いなのかもしれないと、言ってから思いついた。

けれど、陛下も宰相閣下も顔をほころばせて笑った。

「国の土台は民だ。民がいてこそ国がある。だから、国民は国の宝だ。その宝を育てるのも国の務め。その願い、ザルテンブルグ国王の名の下に、叶えてみせよう。大丈夫、任せなさい」

こうして、私の願いは叶うことになったのだった。

そして、私はそのまま何事もなかったかのようにアトリエに帰ってきた。

「ただいま」

「お帰りなさい！」

私達が帰ってきたとき、アトリエはお客さんで賑《にぎ》わっていて、その様子は平和そのもの。パンを食べる人は笑顔だし、ポーションを買っていった人はこれから頑張るぞと張り切っている。

こんな、ありふれた日常を守れたことが嬉しくてならない。

私達が成し遂げたことだなんて、誰も知らなくてもいい。

私が在る場所に、平和と笑顔があるのが、ただただ幸せだった。

◆

そんな私とは関係なく、王都はまだまだお祝いムードが続いていた。

大陸に和平条約がなったことを祝って、街はお祭り騒ぎ。

「もっともっと打ち上げるわよー！」

「あんまり一度にたくさん上げたら危ないから！」

リリーはアルフリートに制止されながらも、祝砲を派手に街に打ち上げてはキャッキャと大騒ぎしている。

そして、そんな中でもう一つ嬉しいことがある。強制的にシュヴァルツリッターの軍需産業に従事させられていた人達のうち、希望者はザルテンブルグ王国へと移住してきた。その中に、大切な人がいた。

師匠であるアナさんの、生き別れていた旦那さんだ。

「アナ！」

「ノール！」

二人は抱き合い、再会を喜び合っていた。

リィンのおじいさんのドラグさんも、逃げ遅れた仲間達と再会して抱き合っていた。

王城でも、連日平和を祝う祝賀会が催されているらしい。


……らしい、というのは、私がそのことに興味がないからだ。


だって、私は王都の外れの錬金術師。

みんなを笑顔で出迎えてポーションを売り、そして笑顔で冒険に出発してもらう。

もしくは、パンを頰《ほお》張って笑顔になってもらう。

それが仕事だからだ。

まあもちろん功労者やら、貴族やらとしての立場もあるから、結局最終的には勲章の授与式だのなんだのとしばらくは引っ張りだこになっていたけれど、今はもう、自分のアトリエでいつもどおりの生活をしている。

「あーっ！　ウーウェンさん、火加減ちょっと強いですぅ！」

「じゃあ、水魔法の氷で相殺してみますか？」

パン工房ではちょっとミィナが困っているようだけれど、アリエルのフォローでなんとかなっているのかな？

あ。どうしてまだアリエルがアトリエにいるのかって？

アリエルは元々、エルフの女王様であるお母様に、「世界樹を救う手伝いをすること」を条件に人間の世界に出ることを許されたの。

だけど、今回みごとにその目標をみんなで達成したことを認めてもらえて、「もう少し人間について学んでくることを認めます」ってお許しを得たのよ！

だから、まだまだ一緒にいられるの！

「ピーター君、アリスちゃん、パン美味しかったよ」

「『ありがとうございました！』」

魔導人形のピーターとアリスは、イートインでパンを食べていったお客さんにご挨拶とお見送りをしてから、片付けに入るようだ。

「マーカスさん、ハイポーション、このあたりで加熱を止めますか？」

「そうそう、いい感じ」

ルックは学校でのおさらいも兼ねて、マーカスのポーション作りのお手伝いをしているらしい。

私は畑の様子も見ようと、台所に寄って、ジャムを皿に載せてから裏手に回る。

「あら、デイジー！」

『お姉ちゃん』ことリコが真っ先に迎え入れてくれて。

「あっ、ジャムだ！」

「ふふ、いつものお礼のジャムよ、食べてね」

コトリ、と戸棚の上に皿を置くと、わらわらと妖精さん達も集まってくる。

「素材達の様子はどうかしら？」

「そりゃあ、私達が毎日面倒を見ているんだからバッチリよ！」

リコが胸を張って手でぐるりと畑全面を指し示す。

畑は、お日様の光を一身に受けて、みんな青々としてつやつやと輝いている。

「いいお天気ね」

「本当ね」

私は一つ大きくのびをする。

「……平和っていいわね。みんなが、笑顔だわ」

「そうね、頑張ったわね」

リコが私の頭を撫でてくれた。

「お姉ちゃんがいたから」「デイジーがいたから」

二人の言葉が同時に発せられて被る。それをおかしげに私達はクスクスと笑い合った。

そんなとき、アトリエの方から声が聞こえた。

「おーい、デイジー！　特別に依頼したい品があるんだけど、今相談できないか～？」

マルクの声だ。ということは、きっとレティアも一緒だろう。

「呼ばれちゃった」

「ご指名よ、錬金術師さん」

リコに、鼻先をツンとつつかれ、向かうようにと促される。

「はーい、今そっちに向かいまーす！」

「じゃあね、デイジー」

「じゃあね、お姉ちゃん」

私は走ってアトリエへと向かっていった。

青空の下、差し込む木漏れ日がまぶしい。

私は王都の外れの錬金術師。

今までも、これからも。

ずっとこのアトリエで生きていく。

この青い空の下で。

後日談① 妖精達の忙しい一日

デイジーの畑には、緑の妖精から進化した上級精霊の女の子、リコがいます。

彼女は、自分がデイジーと一番の仲良しだって自負しているのです。だって、デイジーのお母様のおなかの中にいた間から、デイジーが三歳まで一緒にいた、彼女の『お姉ちゃん』なんですから。

世界樹がやってきてから、デイジーの畑の状態はすこぶる良いのです。イキイキとした葉を茂らせているのは言うまでもなく、成長自体も早くなりました。

そして、世界樹自身の成長もあっという間でした。既にデイジーの背丈を超え、とうとう花をつけるほどです。世界樹の花の蜜はリコや妖精達のあまーいご馳走《ちそう》なので、代わる代わる世界樹の花にキスをしています。

そんな平和なデイジーの畑にも、天敵達はいます。

イキイキと茂る美味《おい》しそうな葉を食べに来る幼虫や、食べ頃になった果実を啄《ついば》みに来る小鳥やカラス達です。

ある日、デイジーの畑に植わっている万年草、栄養剤の材料になる栄養価が高い植物に、蝶《ちょう》が一匹迷い込んできて卵を産んでいったから、さあ大変！

卵は順調に成長し、たくさんの小さな芋虫達が孵《かえ》り、葉っぱを「さあ食べよう！」と群がります。

「大変だわ！」

リコはその光景を見て顔が真っ青になりました。

ここはデイジーがとっても大事にしている畑。そして、錬金術には欠かせない素材がたくさん植わっている畑なのです。

……芋虫達に食い荒らされたら、デイジーがとっても悲しむに違いないわ！

「妖精達！　集まりなさい！　事件発生よ！」

彼女は、デイジーの畑にいる妖精達を集合させました。

「みんな聞いて！　たくさんの芋虫が孵って、デイジーの大事な素材の葉っぱを食べようとしているのよ！」

彼女は、妖精達に事情を説明します。すると、集まった妖精達も大慌て！

「葉っぱがかじられたら大変だ！」

「デイジーが悲しむよ！」

「デイジーが泣いちゃったら精霊王様にお叱りを受けちゃうかも……！」

「「「どうしよう！」」」

妖精達は右往左往します。

「みんな、慌てないで！　幸いデイジーのおうちは、王都の端っこにあるわ。だから、壁を越えて芋虫を野原へポイッとすれば、彼らは外で生きられるし、デイジーの畑にも被害はないわ！」

彼女は、解決策を提案します。

「それはいいね！」

「みんなで一匹ずつ捕まえて外に出せば、全部追い出せるんじゃない？」

「でも、僕達のことは人には見えないけれど、虫は見えちゃうんじゃないの？」

「芋虫が空を飛んでいたら変かな？」

「まだ小さいし、そんなに気にしないんじゃないの？」

口々に言いたいことを言っている妖精達を、パンパン！　と手を叩《たた》いてリコは黙らせます。

「人がいないルートを通ります！　じゃあ、作戦開始よ！」

リコと妖精達は、一人（？）一匹ずつを捕まえて、次々に空を飛んで壁を越え、王都の外の野原へ芋虫を放り出すのを繰り返します。

何度か往復すると、やっと芋虫は全て排除できました。

「「「やったね！」」」

妖精達は、ハイタッチをします。これで、彼女達の大切なデイジーが悲しむことはありません。

ところが。

そんな喜びもつかの間、今度は、カラスがやってきました！　目当ては、デイジーが種を収穫するのを楽しみにしていた、魔力の種から生えた木です。せっかく実をつけ出したというのに、中に入っている種まで持っていかれては大変です！

「「「うわ、大きい！　僕達には無理だよ！」」」

まだ小さな妖精達は怯《おび》えてしまっています。それはそうでしょう。彼らよりカラスの方が大きく、そして鋭い嘴《くちばし》につつかれたら大怪我《けが》をしてしまいます。

「私がやるわ！　みんなは避難していて！」

リコは上級精霊。大きくなっただけでなく、魔法も使えます。デイジーのために、追い払わなくっちゃ！

「茨の鞭《ローズウイップ》！」

ぎゅーんとカラスに向かって蔦《つた》は伸びていって、カラスを追い払うようにペシペシ叩《たた》きます。

「ガァガァ！」

カラスは怒って蔦を嘴で挟もうと躍起になりますが、いくら捕まえても、次から次へ蔦が伸びてきて体を叩かれるので、嫌になって飛んでいってしまいました。

「「「やったぁ！」」」

リコも妖精達も一安心です。

これでデイジーの楽しみにしていた種も無事に熟すでしょう。

ところが、喜んだのもつかの間！

今度はアリです！

今日はなんて忙しいんでしょう！

アリが隊列を組んで、またもや、魔力の木達に群がろうとやってきました。

「「「アリは無理だよ～」」」

彼らは、妖精達に反撃で噛《か》み付《つ》いてくるのでとても痛いのです。彼女達の天敵です。

「「「どうしよう！」」」

もう、アリ達は、まさに木に登らんとしています。

そこへ、猫獣人のミィナがやってきて、アリがいるのに気づいてくれました！

「はわわわ！　大変です！　アリが行列を作ってデイジー様の大切な木に登ろうとしています～！」

ホンワカとした口調とは裏腹に、ミィナは靴底で行列を組んでいるアリを順々に踏んでいきます。

そして、その足はやがて、新しく庭にできたアリの巣にたどり着《つ》きました。

「もぅ～。お庭に巣なんか作らないでくださいよ～」

そう言うと、彼女はやかんに熱湯を沸かして持ってきて、巣穴を水没させます。

「ん～。まだ出てきますねえ、もう一回～」

さらに熱湯を注ぐと、アリは出てこなくなりました。無事、退治できたようです。


……可愛いのにやることえげつない子ね……。


そう、リコは内心思いました。

「これでもう大丈夫ですね～」

にこにこ笑って、畑のトマトを収穫すると、空のやかんを持ってミィナは行ってしまいました。

そんなとき、ふっと小さな木がリコの目に留《と》まりました。

「これは、デイジーと一緒に植えた古代の薬木の種から育った子よね」

残念ながら、環境のいいデイジーの畑でも、まだ子供の背丈にも及ばないほどの小ささにしか育っていません。幼木といっていいでしょう。

「これじゃあ、デイジーがすぐにでもこの木の葉っぱを素材にしたいと思っても、使えないわね」

立派に育つのがいつになるのかわからないのでは、デイジーの役に立ちません。

困ったものだわ、とリコは悩みました。

「そうだ。私には緑魔法があるじゃない！」

ピン！　と思いつきました。

「そうよ！　私が魔法で成木にまで育てちゃえばいいじゃない！」

いいことを思いついたとばかりに、にやりとほくそ笑みます。

「いくわよ、成長促進《グロースアップ》！」

すると、ぐんぐんと小さかった木の背丈は伸び、幹は太くなり、たくさんの葉が生い茂りました。

「これで良し！　きっとデイジーも喜ぶわね。うん、今日はいい仕事をしたわ」

リコは満足げに、腕を腰に添えて頷くのでした。


その日の夕方。

デイジーが、リコ達の好物のジャムを持ってやってきました。

「いつもありがとう！」

平和な畑の様子を見てデイジーはご機嫌です。畑に置いてある小さな物置の上に、リコ達のためにジャムを入れたお皿を置いていてくれました。

「「「仕事のあとのジャムはひときわ美味しいね！」」」

リコも妖精達も、一緒になってご褒美のジャムを舐《な》めました。

「デイジー、今日も畑は無事よ！　畑のことは私達に任せてね！」

リコがデイジーの前までふわりと飛んで報告すると、デイジーはその綺麗《きれい》な空色の瞳を細めて笑顔になります。

「いつもありがとう。頼りにしているわ！」

……やっぱりこの笑顔が一番大好きだわ！

リコは、今日の幸せを噛《か》み締《し》めるのでした。

後日談② みんなで慰安旅行

「うーん」

その日、私は机に肘を突いて考え込んでいた。

「デイジー様、そんなに考え込んでどうしたんですか?」

通りかかったマーカスが私に尋ねてくる。

「慰安旅行をしたいのよ」

「いあんりょこう」

聞き慣れない言葉に、マーカスがきょとんとした顔をして復唱する。

「なんでも、使用人を連れて、みんなを労うために旅行に出かけることをそう言うらしいわ」

「とすると、私達のために旅行に出かけることを考えていらっしゃるということですか?」

「うん、そうなの」

そう答えるとマーカスが困惑気な顔をする。

「でも私達平民は、一般的に生まれた街から一生出ないものですよ?」

マーカスの言うとおりで、普通平民というのは一部を除いて生まれた街を一生出ることはない。

それは、街の中にいれば安全。それとは反対に、街の外には盗賊や魔獣といった危険があるからだ。

平民の中で、護衛を雇うような余裕のある者はごく限られている。だから、生まれた街しか知らずに一生を過ごすのが一般的と言えるのだ。

「でもほら、私達にはウーウェンがいるじゃない？　あの子がいれば、そんな状況になっても安全だと思うのよね。それに私やアリエルもいるし」

「なるほど。安全面のことはわかりました。でも、なぜ突然そんなことを言い出すのですか？　慰安であれば、休暇を与えるとかでもいいでしょう？」

「うーん。ミィナの願いを叶《かな》えてあげたいから……かなぁ」

「？　ミィナですか？」

マーカスが首を捻《ひね》った。

「ミィナのまたたびぬいぐるみの形を知っている？」

「レッドドラゴンでしたっけ？　あれ意外でしたよね」

「そうなのよ。それなの！　あの子の夢は、『ドラゴンに乗って大空を飛びたい』なのよ！」

かつてまたたびぬいぐるみを作ったときに彼女が語った夢をマーカスに教えた。

「ああ、なるほど。それで……」

「そう。ウーウェンにお願いしなきゃいけないんだけれど、ミィナに空の旅を経験させてあげたいのよ。だっていっつもアトリエのために頑張ってくれているじゃない？」

「それは叶《かな》ったらミィナが喜びそうですね」

「でしょう？」

「でも、なぜそれが慰安旅行とやらまでに発展するんですか？」

ミィナのことは納得したようだけれど、マーカスがまだ首を捻っている。

「ミィナ一人だけじゃもったいないかなって。街の外に出たことがないのは、みんな一緒じゃない。みんなで行ったらもっと楽しそうだと思ったのよ！」

それに対して、マーカスが「なるほど」と相づちを打つ。

「それは確かに魅力的な提案ですね。私も生まれてから王都を出たことがありません。街の外を見てみたい気がしてきました」

「じゃあ決まりね！　アトリエも思い切ってお休みにしちゃって、みんなで旅行に出かけましょう！」

「そういえば、常駐ではありませんが、いつも帳簿関係でお世話になっているカチュアさんも誘ってみてはいかがですか？」

「それもそうね。手紙で誘ってみるわ！」

私は急いでカチュアに誘いの手紙をしたためて送った。すると、彼女からは快諾の返答があったので、彼女も一緒に行くことにした。


そして、メンバーが決まると、私は早速ウーウェンに申し出たのだった。

「アトリエのみんなを背中に乗せて旅をする？　うん、いいよ！　大きくなれば、ボクの背中なら余裕でみんな乗れるよ！　それに何かあっても護衛してあげる！」

ウーウェンは、「任せて！」と胸を叩いて張り切って承諾してくれた。

「じゃあ決まりね！　みんなに知らせて日取りを決めましょう！」

場所はもう決めてあった。

前に行ったエストラド大火山の近くにある海辺の港町。みんなきっと海なんて見たことがないはず。きっと喜んでくれるわ！

そうして、みんなで海遊びに行くことになった。


出かけるメンバーは七人と二頭。

ミィナ、マーカス、ルック、アリエル、カチュア、ウーウェン、リーフ、ティリオン、私。

ピーターとアリスには、お留守番をしてもらうことになった。

みんなで一番近い北西門まで行って、検問を受ける。

「私、街の外に出るのなんて初めてですぅ！」

「私もですね」

ミィナとマーカスなんかは、検問を受けること自体も物珍しい様子だった。

それとは対照的に、カチュアは出会いのときも王都外の馬車の中だったから、王都の外に出ることはままあるのだろう。二人とは違って、手慣れた様子で手続きをしていた。

そうして、少し門から離れて、開けた場所まで移動する。ウーウェンが竜化する必要があるからだ。

「じゃあ、大きくなるから、離れて見ててね！」

そう言って、ウーウェンがボンッと本来の大きな赤竜の姿に変化する。

「はわわわ！　すっごく大きいです～！」

ミィナは顔を真っ赤にして大興奮している。尻尾が一瞬たわしのようにぶわっと膨らんだから、驚いてもいるのだろう。

「本当にすごい。赤竜だっていうのは本当だったんですね！」

「うわーかっこいい！　本当に背中に乗れるんですか⁉」

マーカスもルックも大興奮している。

「守護竜を従えているっていうのは本当だったのね……」

カチュアもその大きさに、あらためて唖然《あぜん》とした様子で眺めていた。

「もっちろん、みんな乗って！　まとめてびゅーんって運んであげるよ！」

赤竜からウーウェンの声がして、早く背中に乗るようにせかされる。

みんなが背中に乗ると、ウーウェンが羽ばたきを始める。

「ボクはすっごく高く、速く飛ぶから、みんなしっかり掴《つか》まっててね！」

それを聞いて、みんながウーウェンの背びれなどにしっかりとしがみつく。

「じゃあ、いっくよー！」

バッサバッサと羽ばたきすると、次第にウーウェンの体が浮いていく。

「わわわ。本当に浮いていきますぅ～！」

「竜に乗って飛びたい」というのが夢だったミィナが大興奮していた。

やがて高度も上がり、王都の街並みが模型のように見えてくる。

「わー！　街があんなに小さく見えます！」

興奮したルックが眼下を見て目を瞬かせる。

「アトリエはあそこあたりですかね？」

マーカスは、アトリエがある場所を的確に指さしていた。

「すごいわね。王都だけでなく、道も畑も何もかも、まるでおもちゃのようだわ」

カチュアも大空から見る初めての光景に感嘆の声を漏らしていた。

「私の夢が叶《かな》いましたぁ！」

ミィナはずっと大興奮だ。生まれて初めて街を出て、それが夢にまで見た竜に乗っての空の旅なのだから。

「ウーウェン。目的の港町はあっちよ！　あそこに山があるでしょう？　あの山の近くにある港町を目指して」

私は、かつてマルク達と素材採取で行ったエストラド大火山の方角を指さす。

「わかった！」

そう言うと、バサリとひときわ大きく羽ばたかせて旋回し、私が指さした方へと目指すのだった。

◆

「空の旅はあっという間でしたね」

南部の方なので暑いのか、マーカスがシャツをまくりながら話しかける。

「すごい、あんなに青くて！　あれ全部水なんですよね！　海って言うんですよね！」

ルックは、初めて見る海に大興奮。今にも走り出しそうな勢いだ。

「こらこら。海は逃げないんだから、そんなに慌てないの」

そんなルックはアリエルに窘《たしな》められていた。

「はぁい」

しぶしぶといった様子で返事をするルック。

「うわぁ。青かったり緑だったり不思議な色。そして、お日様に当たってキラキラしてます！」

ミィナも海を眺めながら早く行きたそうだ。

「ボクも海は初めてだな。早く遊びたい！」

ウーウェンもうずうずしている。

「じゃあ、水着を買いに行きましょう。マーカス、ルックのことはお願いね」

男性向けと女性向けの店は違うので、ルックの面倒はマーカスにお願いする。

「承知しました。じゃあルック、行こうか」

マーカスがルックの手を取って、男性向けの店のある方へとつれていく。

「私達はこっちね」

私とアリエルは前に買った水着を持ってきたから大丈夫。今日は、ミィナとウーウェン、そしてカチュアのために『マリリンの店・二号店』を目指す。お供のリーフ達もこっちについてくる。

そこは、王都でお世話になっているマリリンさんの妹のダイアナさんが経営する、可愛い水着を置いてある店なのだ。

「こんにちは！　お久しぶりです！」

私とアリエルとミィナとウーウェンとカチュアで訪ねていく。すると、ダイアナさんは私とアリエルの顔を覚えてくれていたらしく、笑顔で対応してくれた。

「あらあ～！　久しぶりじゃない！　今度は見ない顔の子もいるのね？」

ダイアナさんは立派な男性の体躯《たいく》なのに、フリルたっぷりのブラウスを体のラインピッタリで着ていて、パンツは黒のピチピチレザーパンツ。爪には真っ赤なネイルを塗っている。だからか、ミィナとウーウェンとカチュアがびっくりしていた。

「あらぁ～。私の格好は趣味なの。無害だから、あんまり警戒しないでね」

と、バチン！　とウインクをしている。

それを受けて、三人は目をパチパチさせていた。

「ダイアナさん！　今日はこの子達三人の水着を買いたいんです！」

「可愛い三人ね！　うーん、猫耳ちゃんにはその毛色とおそろいに白がいいかしら？　黒いツノの子にはやっぱり元気な感じの赤かしらねえ？　お上品そうなお嬢さんには、ワンピースタイプの物が似合うかしら……」

そう言いながら、「いらっしゃぁい」と店の中に案内してくれた。

「はわわわ！　こんなに肌が出るのを着るんですかぁ⁉」

店のラインナップを見て、普段はワンピースを着ているミィナが驚いている。

「そうよ！　快適に水遊びをするにはこれくらいがいいわ。可愛いし！　さあ、どれが気になる？」

そう言って私はミィナとウーウェン、そしてカチュアに好きな水着を選ぶように促す。ダイアナさんも選ぶのを手伝ってくれた。

その結果、ミィナが選んだのは白いフリルのついたワンピースタイプの水着。白い耳と尻尾がおそろいで可愛《かわい》らしい。ウーウェンはタンクトップ型の赤と白のストライプの水着、カチュアは髪の色とおそろいの水色のワンピースタイプの水着だった。

「あとは、海遊びするための遊び道具がいるわよねえ……」

前回来たときは、マルクが手際よく準備してくれたけれど、今日はいない。慣れた私が選ばないといけないだろう。

「あらあ。だったら三軒先に海遊び用のボールや浮き輪を売っているお店が新しくできたわよ」

悩んでいると、ダイアナさんが救いの手を差し伸べてくれた。

「ありがとうございます！　行ってみます！」

こうして私達は、遊び道具も難なく入手することができたのだった。

「マーカス、ルック！」

私達は、無事に二人と合流して、海の方へ向かう。

そして、ようやく海岸にたどり着いた。

「わあ！　水が打ち寄せています！」

ルックがザブンザブンと打ち寄せる波に目を見開いて、その波打ち際ギリギリに走っていって、足を海水に浸す。

「じゃあ、海の中でボール投げをして遊びましょうよ！　ここは遠浅だから、安全よ！」

私は早速買ったビーチボールに息を吹き込んでまん丸にする。

そして、率先してザブザブと海の中をかき分けていった。

「デイジー様！」

マーカス、ルック、アリエル、ミィナ、カチュア、ウーウェン、リーフ、ティリオンが追いかけてくる。

海水が腰の高さまでのところで止まって、「おーい！」とみんなに呼びかける。

「ここでボール遊びをしましょう！」

私はそう言うと、えいっとアリエルの方にボールを投げる。

「はいっ、ミィナさん！」

「えっ！　はわわわ！」

アリエルは器用に打ち返し、ミィナに向けて打つ。ところが、慌てたミィナは頭にボールをぶつけて落としてしまい、ぽーんと離れた海面にぱしゃんとボールが落ちてしまう。

「あああ、しっぱいしちゃいましたぁ！」

おろおろするミィナをフォローするように、リーフがすいすいと犬かきで泳いできて鼻先でそのボールを拾い上げる。

「いきますよ！」

そして、トンッと鼻先でボールを投げ上げると、ティリオンが中継ぎをし、そしてルックの番。

「わっ！　こっちきました！」

「大丈夫、打ち返してあげるよ！」

落としそうになったボールは、かろうじてフォローに入ったマーカスが投げ返した。

「ボクにもちょうだい～！」

ボールが回ってこなくてふてくされ気味のウーウェンを見て取って、私はボールをウーウェンに回してあげる。

「ほら、上手に取って！」

「やったぁ！」

「次は私の番ね！」

カチュアもここぞとばかりに楽しそうにボールを打ち返す。

こうして私達は海遊びを楽しんだのだった。

「おなかがすいたぁ」

ボール遊びが一段落すると、ウーウェンが盛大におなかを鳴らしながら訴え出した。

「じゃあ、美味しい海の幸を食べましょう！」

ここも以前来たことがある私がリードする番。

前に美味しい網焼きを食べさせてくれたおじさんの顔があったので、早速声をかける。

「七人と従魔二頭、席あるかしら？」

「おお、こないだの大ダコ退治のお嬢ちゃん！　大人数大歓迎だよ！」

そう言って、席を作ってくれた。

「わぁ！　これって採れたばっかりの物を焼いてくれるんですか？」

育ち盛りのルックが目を輝かせている。

「おうよ！　今朝そこの海で採れた魚介をたんまり食べさせてやるぜ」

「お任せでいいから、じゃんじゃん焼いちゃってちょうだい！」

「おう！　任せとき！」

屋台のおじさんは腕をまくってから、海産物をどんどん網に載せ始めた。

石を組んだ中には、炭火焼き用の炭が置かれ、空気を受けて赤く灯《とも》る。その上に、金属製の網が置かれている。

大きな海老《えび》や貝、イカや魚の魚醤《ぎょしょう》焼き。もちろんリーフとティリオンには大きな魚の切り身！

「わー！　いい匂いがしてきました！」

ミィナが鼻先をクンクンさせる。

「ほら、この辺のイカや貝はもう食べられるぞ！」

そう言って、各自の取り皿に載せていってくれる。

「いただきまーす！」

みんなで熱々焼きたての魚介を頬張《ほお》る。

「この間のお土産も美味《おい》しかったけど、海の近くで採れたて焼きたてを食べるのは格別ですね！」

マーカスが舌鼓をうちながら、美味《おい》しそうに頬張っている。

「こんな海辺で焼いたばかりの物を食べるなんて初めてだわ！」

カチュアも瞳を輝かせて初めての体験に感動している。

「はふっ。あつっ」

猫舌のミィナは焼きたての貝に苦戦しているようだ。

「もっと！　もっと食べられるよ！」

実は赤竜のウーウェンのおなかは底なしのようで、もっともっととおじさんにせがむ。

うわぁ。この間よりも予算が上回りそうだわ！

そうして、みんながおなかいっぱい、満足するまでごちそうになったのだった。

ちなみに、もうタコの魔獣は出なくなったんだって！

「さて、ずいぶん日焼けしましたね。それから、今日はどうするんですか？　アトリエは明日までお休みの予定でしたよね？」

マーカスが尋ねてきた。

「うん！　せっかくだから、温泉付きの宿に泊まる予定よ！」

そう。私が目指すのは、この間温泉を『ポーションの湯』にさせてもらった、あの宿だ。

私達は歩いてその宿に向かう。

「こんにちは！」

「ああ！　この間のポーション湯のお嬢さん！」

宿屋の女将《おかみ》さんは、私の顔を覚えてくれていたらしく、愛想よく挨拶をしてくれた。

「七人と従魔二頭、女の子五人と男の子二人で泊まりたいんですけど、部屋空いていますか？」

「ああ！　ちょうど大部屋と普通の部屋の二部屋が空いているから、それでいいなら大丈夫だよ！」

「じゃあ、それでお願いします！」

タイミングよく空き部屋があったので、そこに決めることにした。

「ところで今回もみんな盛大に日焼けしているけど、あれやるのかい？」

「やっていいなら！」

「じゃあ、お言葉に甘えて、やってもらおうかね！」

私と女将さんで話がトントン拍子に進んでいく。

「あれってなんですか？」

ルックが不思議そうに尋ねてくる。

「さっき言っていた、ポーション湯よ！　日焼けしたままお湯に浸《つ》かると痛いからね！」

そういうわけで早速ポーション湯の準備をさせてもらう。

女将さんはいそいそと『本日限定、ポーション湯！』の看板を用意している。

そうして私達女の子組は女湯に向かう。残念ながら、従魔のリーフ達はお部屋でお留守番だ。

「はわわわ！　お湯がいっぱいですぅ」

「すごい！　お湯がこんなに！　贅沢《ぜいたく》だ！」

初めて温泉を見るミィナとウーウェンが目を輝かせている。

ちょうど女湯は私達しかお客さんがおらず、貸し切り状態だった。

「泳ぐぞ！」

ばしゃん！　とお湯に入ると、ばしゃばしゃと泳ぎ出すウーウェン。

「こらこら。それはマナー違反よ～！」

私が注意するけれど、興奮したウーウェンは止まらない。

「まぁ、他のお客さんが来るまではいいんじゃないですか？」

アリエルがフォローに入った。

「まぁそうねえ。お湯がかかるのを私達が我慢すればいいんだし……」

私達は彼女の行為を大目にみることにした。

彼女を尻目に、残りの四人は、お湯をまんべんなく体にかけてからゆっくりとお湯に浸かる。

「ふわぁ。お湯がたっぷりだから体がぷかぷか浮きますぅ」

初めてのミィナが底に手を突いて、ぷかーと浮かぶ。

「ポーションたっぷり入れたから、日焼けも治ったでしょう？」

「前回同様、全く痛みませんね」

アリエルも嬉しそうだ。

「温泉なんて初めて。しかもそれをポーション湯にしてしまうところが、さすがデイジーといったところかしら」

お湯を手で掬《すく》って肩にかけて暖まりながらカチュアが笑う。


そうしてお湯をたっぷり堪能してからあがると、ちょうど男子二人組と休憩所で鉢合わせする。

「デイジー様」

「なあに？」

「どうも、湯上がりには冷えた牛乳を飲むのが作法らしいですよ？」

「そうなの？」

マーカスに言われて、初めて知った。それは前回しそびれている。

「アリエル。前はそれ飲まなかったわね」

「そうですねえ」

「とっても美味しいんだそうです！　デイジー様！　私飲みたいです！」

ルックが珍しくおねだりをしてきた。

「じゃあ、みんなで飲みましょうか！」

私は番頭さんに人数分のお金を払って、七本の牛乳を受け取る。

「じゃあ、飲みましょう！」

ごくごくごく……。

「ぷはー！」

「美味しい！」

ルックが口の周りに牛乳髭《ひげ》をつくったまま、にこにこと上機嫌に笑っている。それを微笑ましそうに目を細めつつ、マーカスが口元をタオルで拭ってやっていた。

「ほてった体に染み入る感じですね」

マーカスも、一気に飲み終えて一息つきながら感想を言う。

「うんまー！」

ウーウェンも気に入ったようだ。腰に手を当ててぷはーっとしている。

「じゃあ、みんな飲み終わったことだし、お部屋に帰りましょうか」

空いた牛乳瓶を番頭さんに返して、それぞれ男女別にお部屋に戻るのだった。

そして、お部屋で夕食を摂って、遊び疲れた体を休めた。

そうしたら、次の日の朝だ。

焼き魚の朝食をいただいたら、アトリエに帰る時間。

「あっという間でしたね」

「また来たいなあ」

「ボクが飛んだらひとっ飛びだから、また来ればいいよ！」

口々に名残惜しそうにしていると、ウーウェンがあっけらかんと答えた。

「じゃあ、帰りましょうか！」

帰りも、ウーウェンの背中に乗って港町をあとにする。

「また来ましょうね！」

「今度は別の場所もいいですね」

「山は？　山は？」


……うん、今回の慰安旅行は大成功だったみたい！


みんなが楽しそうに、空から離れていく海を眺めながら、名残惜しそうにしていた。

またみんなでこよう！

私は心の中でそう誓うのだった。

書き下ろし短編① リィンと土の精霊王

デイジーを中心とした仲間の一人として、大陸に平和をもたらしたリィン。

彼女は、自宅の工房の外から聞こえる打ち上げ花火の音や、ワイワイと平和を祝う声を満足そうに口元に笑みを浮かべて聞いていた。

椅子に腰掛ける彼女の視線の先には、デイジーとリィン二人で作り上げた、魔剣《ハンマー》が壁にもたれるようにして並べられていた。

すると、部屋が黄金色に輝いて、リィンの背後に土の精霊王が姿を現わした。

「感慨深いか？　リィン」

ニッと笑って、彼女の頭の上に手を載せた。

「ああ、もちろん。大陸に平和が戻ったことはもちろん、逃げ遅れたじいちゃんの仲間達も無事に解放された。これ以上嬉しいことはないよ。大陸に住むドワーフ達全てが自由になったんだ」

「ドワーフの姫として、これ以上の喜びはないってところか？」

「ああ」

リィンは遠い昔に滅んだドワーフ王国の末裔《まつえい》として生まれた。そして、その魂は、ドワーフ王国が滅びたときの最後の姫のもの。その姫が輪廻《りんね》転生して生まれ変わった、中身も体も正真正銘の姫なのである。

ただし、それを知っているのは、リィン自身と、土の精霊王だけ。土の精霊王は彼女が転生する度にその転生した彼女を守護しているのだ。

「なあ、リィン」

「なんだ？」

「この大陸は平和になった。だったらあとは、滅びた自分達の王国を再建しようとは思わないのか？　そうすれば、ドワーフ達は昔のように自分達だけで自分達の好きなように自由に生きられるだろう？」

土の精霊王がリィンに問う。

「うーん」

それを聞いて、リィンは悩ましげに眉間に皺《しわ》を寄せる。

「なあ、土の精霊王」

「なんだ」

「アタシを含め、人と共生して生きているドワーフ達は不幸に見えるか？」

そう問われ、土の精霊王は腕を組んで首を捻る。

「シュヴァルツリッターのことがあったときは、あちらにいた者達は不幸に見えたが……今の状況を鑑みるに、今後不幸になる未来は考えられないな」

「だろう？　だから、必要ないと思うんだ。それに、あれ」

そう言って、リィンが壁際に立てかけられた魔剣《ハンマー》達を指さす。

「緑の精霊王がひっついている娘と作った物か。デイジーとか言ったな」

「そう。あいつと一緒に作り上げた物だ。人間のあいつと、ドワーフのアタシがいなきゃできなかった作品だ。そして、あれが、この大陸に平和をもたらした」

土の精霊王は、彼女の言葉に耳を傾けながらそれらの品々を見つめる。

「共生っていうのも、あながち悪いもんじゃないと思うんだ。多種多様な人々や種族が共に手を取り合うことで生まれる力もある。共に生きて手を取り合うことに意味はあると思うんだ」

「リィンは共生の道を望むということか？」

「うーん、今はね。それに、ドワーフが独立した国を求めるってことは、またどこかと領土問題が発生するってことだろう？　それは戦争に発展しかねないじゃないか。せっかくデイジーが望んでなしとげた、『みんなが笑顔でいられる』っていうのを壊しちゃうんじゃないかと思うんだ」

土の精霊王に問われると、そう答えた。

「言われてみればそうだな」

土の精霊王が頷《うなず》いた。

「それにさ」そう言って、リィンは腕を組んで背後にいる彼を見上げた。

「別の国を作って、デイジー達と別れるのも寂しいしな！」

そう言って、にかっと笑う。

「そうか。良い友に巡り会えたのだな」

「うん」

そのとき、ちょうど工房のドアをノックする音が響いた。

「リィン、いる？　加工をお願いしたい品があるのよ」

それはデイジーの声だった。

「噂《うわさ》をすればなんとやらか。……じゃあ、二人共仲良くな」

そう言って、土の精霊王が笑って姿を消す。

「ああ、いるいる！　今開けるよ！」

土の精霊王が姿を消したのを見届けると、リィンは椅子から立ち上がって扉の方へ駆けていく。

「いらっしゃい、デイジー！」

そうして、二人は笑顔で久々の再会をするのだった。

書き下ろし短編② ルックの一日店員体験

錬金術師見習いとして我がアトリエで修業をしているルック。

彼は、以前授業参観のときに、ポーションをきちんと作り上げることができるようになっていたので、我がアトリエでも、ポーション作りを任せてみることにした。

回数を重ねた方が、より、手が作業に慣れていくからね。

そういうわけで、学校がお休みだったその日、ルックに一人でポーション作りをさせることにした。もちろん、使う素材は私のアトリエ裏の畑の物だ。

じっと見守るというほどのことはしないけれど、ちょっと様子を窺《うかが》ってみた。すると、まずルックは授業参観のときのように、ノートを開いて机の上に置いた。

「すごい。びっしりメモが書いてあるのね」

私はその開かれたノートのページを見て目を見開いた。

「はい！　学校で習ったことと、デイジー様やマーカスさんに教わったことをメモして残してあるんです！」

「すごいわ。熱心なのね」

私は感心してルックの頭を撫《な》でた。

「いつか私が独り立ちして村に帰ったら、残るのはこのノートです。だから、教わったことはしっかり残しておこうと思って」

撫《な》でられたことに少し気恥ずかしそうにしながらそう答えるルック。

ノートをよくよく見てみると、注意すべき点は全て網羅されているし、そもそも授業参観のときに一人でポーションを作りあげることができたルックだ。

彼なら大丈夫だろうと思って、やはり一人でやらせてみようと思った。

「じゃあ、一人で頑張ってみて。できたら、結果を見に来るから声をかけてね」

「はい！　よろしくお願いします」

そうして、私はルックを信頼して、その場は任せて店番をすることにした。


しばらくお客さんの相手をして、時間が経つと、背後の作業場の方からルックの元気な声が聞こえてきた。

「できた！」

達成感と満足感の混ざった嬉しそうな叫び声だ。

私は、腰を上げる。

「デイジー様、できました！」

私は作業場のルックの隣に行って、ポーション瓶に詰められたポーション達を順番に鑑定の目で確認していく。

「どうでしょうか……」

その間、座っているルックは、膝の上に握りこぶしを作って、緊張気味に待っている。

「うん、これも大丈夫。これも、これも……」

いくつものポーション瓶に詰められたポーション達は、私やマーカスが作った物と同じ品質だった。

「うん、大丈夫！　全部きちんとできているわ。頑張ったわね、ルック！」

「ほんとうですか⁉」

きらきらと瞳を輝かせ、握りこぶしのまま立ち上がって私を見上げる。

「ええ。私やマーカスが作るのと同じ性能でできているわ。これなら、お店にも置けるわね」

「やったあ！」

ルックは元気にガッツポーズを取る。

そんなルックを微笑《ほほえ》ましく見ていると、ふと、私はあることを思いついた。

「ねえ、ルック。どうせなら、これ、自分でお客さんに売ってみない？」

「え？」

よくわからないといった様子で、首を捻るルック。

「店番をして、お客さんに売って、実際に使ってもらうのを体験してみるのよ。ルックはまだ、自分のポーションを誰かに使ってもらって、その感想を聞いたことがないでしょう？」

「あ、はい」

なるほどと、合点がいった様子で頷くルック。

「お金の計算は、もうわかるようになっているかしら？」

「はい！　大丈夫です！」

「じゃあ、このあとはルックに店番をお願いするわ。ポーションが欲しいと言われたら、さっきルックが作った物を優先的に売ってちょうだいね」

「はい！」

そうして、その日はルックに店番をしてもらうことになったのだった。


やがて日も傾いた頃、チリンとアトリエのドアベルの音がした。

「あ、店番の坊主！　まだいたな！」

入ってきたのは、三人の冒険者の男性達だった。

「あ、午前中にポーションをお買い上げくださった方ですね！」

「そうそう！　それのお礼を言いに来たんだよ」

「お礼？」

ルックは不思議そうに首を捻る。

「あれのおかげで、危ないところをギリギリ切り抜けられたんだ。今日のポーションの性能が良かったおかげだ。助かった。ありがとう」

そう言って、男性はわしわしと豪快にルックの頭を撫《な》でた。ルックはされるがまま驚きで目を瞬かせている。

それから、「お役に立てて良かったです！」ルックがお日様のように明るく笑った。

「お礼を言いたかっただけだから、じゃあな。またよろしく！」

「こちらこそ、またのご来店をお待ちしています！」

ルックの頭を掻《か》き乱《みだ》すだけ掻《か》き乱《みだ》して、冒険者達は手を振りながら店をあとにした。

そんな彼らを見送ると、ルックはくしゃくしゃの髪をそのままに、くるりと背後にいる私の方に振り向いた。

「デイジー様！　私の作ったポーションが役に立ちました！」

その嬉しそうな様子に、私は微笑みながら彼の下へ赴く。

「実際に役に立ったのを実感できると、嬉しいものでしょう？」

そう言いながら、くしゃくしゃになったルックの髪を撫でて整えてやる。

「はい！」

そう答えるルックの声は本当に嬉しそう。

「私、これからも皆さんのために役に立てる錬金術師になるよう、がんばります！」

「応援しているわ。あ、そうだ。これは今日のお手伝いの手間賃ね」

私は、ポーション作成の分と店番に見合うお金をルックに手渡してやる。

「えっ。いいんですか？」

ルックは目をぱちくりさせている。

「もちろん。今日の労働に対する対価よ」

私はにっこり笑って頷いてみせた。

「ありがとうございます！　大切に使います！」

ルックはその硬貨を大事そうに胸のあたりで握りしめる。表情は純真な喜びと達成感に満ちあふれている。

そうして、ルックの一日店員体験は終わったのだった。

書き下ろし短編③　エクスポーション作り

　のんびりとアトリエ経営に邁進《まいしん》する日々が続いたある日、私は保管庫を覗《のぞ》いて、まだ手をつけていない素材があるのを見つけた。

　七色鼠《ねずみ》の肝と、蛍兎《うさぎ》の心臓だ。

「そういえばこれ、エクスポーションの素材の一部だからって買っておいた物よね」

　その二つの素材が入った瓶を二つ、私は保管庫から取り出した。

　確か、これを売っていたお店のおばあさんは、製造方法は失伝してしまっていると言っていた。

「でも、これを完成させられれば、助かる人がたくさんいるわよね」

　例えば、魔獣に襲われて手足を失ってしまった人。仕事の工具なんかで誤って切断してしまった人。事故や何かで手足を欠損してしまった人などがいると聞く。

　そんな人達は、その後の生活に支障を生じていることだろう。

　エクスポーションは、そんな、過去に体の部位を欠損してしまった人の、その部分を再生させることが可能な薬剤なのだと聞いている。

「……これ、作りたいわ」

　私は呟いた。

　幸い、私達も賢者の塔攻略という目標を達成し終わったし、大陸も平和になって、余裕を持ったアトリエ経営をしている。

新しい物を作る研究をする余裕はあるのではないだろうか。

そう思うと、いてもたってもいられず、マーカスに相談しに行った。

「エクスポーションを作りたい、ですか？」

マーカスは、驚いた様子で目をパチパチさせる。

「それは、名前こそ聞いたことはありますが、今では誰も作り方を知らないと聞いていますが……」

戸惑ったように私に問いかけてくるマーカス。

「そうよ。だから、手探りで作る必要があるの。私がそれに時間を割くことを許してもらえないかしら？　だって、もし完成したら、助かる人がたくさんいるはずなんだもの」

「そうですね……」

熱心に説き伏せようとする私に、マーカスが思案げに腕を組む。

「アトリエ経営は今、全員揃《そろ》っていて安定していますし、なんなら、ルックに手伝いをお願いすることもできる状況です。多分、デイジー様がそちらに専念されても、大丈夫ではないかと」

そう言って、マーカスは腕を解きながらにっこりと笑ってくれる。

「ありがとう、マーカス！」

私は彼の手を取って感謝の意を伝えた。

そうして、アトリエ経営のことは他の仲間に任せて、私はエクスポーション作りに取りかかることにした。

「まずは、『失伝』と言われているってことは、過去には作れたってことよね」

ものは試しと、アナさんやホーエンハイム先生に尋ねてみたけれど、良い答えは得られなかった。

そこで思い出したのが、グエンリール様が遺《のこ》した大量の書物。あそこには、古代語で書かれた物を含めて、かなりの量の古い書物が綺麗《きれい》な状態で残されていたのだ。

そこで私は、その膨大な本の中から、薬剤に関する本を片っ端から探してみることにした。


「こんにちは。デイジー・フォン・プレスラリア準男爵です。中の書物を閲覧したいのですが良いでしょうか？」

私は王城にあるグエンリール様の遺産の図書館の前に行き、その入り口を警備している兵士に声をかける。

「ああ、デイジー嬢ですね。もちろん、構いませんよ」

兵士は快諾してくれて、入り口を開けてくれる。私はその扉を通って、中に入った。

中に入ると、魔導式のランプが自動で次々と灯《とも》されていく。そして、その遺産の膨大な量を改めて思い知らされた。

「すごい量だわ」

……この中から探し出せるかしら。

若干の不安が私の胸をよぎる。

「でも、見つけ出さなきゃ」

私は、自分に言い聞かせるようにそれを言葉にした。

幸い、書庫の部分は綺麗《きれい》に分類分けしてくれてあったので、薬剤に関して調べるエリアは絞られる。

気まぐれや思いつきで手に取っては、きっと無駄が出るだろう。私は、そこに収められた本を、一冊一冊順番に、実直に探していくことにしたのだった。


そうして探すこと半月ほどだろうか。ある題名もわからなくなってしまったほど古い本をめくっていたとき、私の手が止まった。

「……失われた肉体の部分を修復する薬剤？」

そう、題されたページだ。

読めば読むほど、エクスポーションの効能と似ている。そして、素材とされている物のうち二つが、七色鼠の肝と、蛍兎の心臓なのだ。

「これだわ！」

思わず叫んでしまってから、ここが静かにすべき場所であることを思い出して、口元を手で覆う。

「……どれどれ……、ああ、まだ他にも素材が必要……って、え？」

私は驚きで目を見張った。

なぜなら、そこには乾燥させた『古代の薬木の葉』と書かれていたからだ。

それは、火鼠の皮を求めて旅したときに、宝箱から入手した、古代の薬木の種の成長した葉っぱじゃないだろうかと、名前から思いついたのだ。

どうやら素材はその三つかもしれない。

あと必要なのは魔石。

「……もしかしたら、実は素材は揃っているのかしら？」

私は早速その本の持ち出し手続きをして、アトリエに帰ることにした。


アトリエに戻ってから、私はすぐに畑にやってきた。

「リコ！　リコ！」

くるりと見回して頼みの綱のリコを呼ぶ。

すると、畑の一角で植物の世話をしていたらしい彼女が、すぐに私の元へ飛んできた。

「どうしたの、デイジー？　そんなに慌てて」

私の剣幕《けんまく》に驚いているのか、目をぱちぱちさせながら首を傾《かし》げた。

「古代の薬木の種って、以前一緒に植えたわよね？」

「ええ、そうね。それがどうかしたの？」

「それは今どうなっているかしら？」

すると、リコは手招きをしてから私に背を向け、種を植えた場所へと飛んでいく。

驚くことに、そこには立派に育った大きな木が茂っていた。

「え？　何これ。リコ、これ育つの早すぎない？」

だって、シュヴァルツリッターとのあれこれがある前に植えたとはいえ、一年くらいしか経《た》っていないわよね？　木ってこんなに早く育つ物だったかしら？

「チッチッチ。デイジー、何かお忘れじゃあない？」

リコが胸を張りながら、人差し指を左右に振っている。

「私は上級精霊よ。そして、成長促進《グロースアップ》の魔法を使えるのをお忘れ？」

「あっ！」

そこで私は思い至った。

「リコが、成長促進《グロースアップ》を使って、成長させておいてくれたのね！」

「ご名答」

リコがにっこり笑ってウインクをする。

「ありがとう、リコ！　今私が作りたい物に、これの葉っぱが必要なのかもしれないのよ！」

そう言って、私は鑑定を使ってその木に茂る葉っぱを確認してみた。

【古代の薬木の葉】
分類：植物類　　品質：良質　　レア：A
詳細：現在は絶滅した古代の薬木の葉。高級薬剤エクスポーションのもととなる。

気持ち……十分育っているよ！


「やったわ！　これよこれ！　これが必要な素材だったのよ！」

私は喜びのあまり、リコの手を握ってぶんぶんと振る。

「素材として実験室に持ち帰りたいんだけれど、どの葉がいいかしら？」

私は手を離してリコに尋ねる。

「うーん、そうねえ。この辺とこの辺……このあたりの柔らかい葉がいいんじゃない？」

私は、リコが教えてくれた葉を何枚か摘んで採取し、ハンカチにくるんだ。

「ありがとう、リコ！　これで新しい薬剤ができるかもしれないわ！」

「どういたしまして。さ、早く実験したいんでしょう？　行ってらっしゃい」

そわそわしている私の様子を見て取って、リコが私を促す。

「うん、行ってくるわ！」

私はリコに手を振ると、アトリエへと向かう。

アトリエに入ると、マーカスが店番をしていた。

「お帰りなさい、デイジー様」

「ただいま、マーカス」

「随分お急ぎの様子ですね？」

私が勢いよくドアを開けて駆け込んだからだろうか。マーカスがそう尋ねてきた。

「ええ、エクスポーションの製造方法と必要な素材がわかったのよ！　しかも、素材も実は揃っていたの！」

「えっ。それはすごい偶然ですね」

「でしょう？　だから、興奮しちゃって！　今から実験室を使ってもいいかしら？」

「ええ、今は誰も使っていないから空いています。ああ、一度深呼吸をした方がいいですよ。落ち着いて作業してくださいね」

「わかったわ」

私はマーカスの前で足を止めて、すーはーと深呼吸する。

「行ってきます」

「はい」

そうして、私は実験室へと向かったのだった。


まず、ポシェットを肩から下ろして、その中からエクスポーションらしき物の製造法が書かれた本を取り出す。

そして、しおりを挟んでおいた該当のページを開いて、丁寧に読み解いていく。

「乾燥している素材をそれぞれ粉状にする。七色鼠の肝と、蛍兎の心臓を水に投入する。魔石は魔力を通すことによって、素材を変質させるために使う。じっくりと魔力を注ぎながら沸騰するまで加熱していく。……それから古代の薬木の葉は……」

私は、製造方法の記述を指でなぞりながら丁寧に読んだ。

「じゃあまず、古代の薬木の葉を乾燥させないといけないのね」

いよいよ作れると意気込んでいた私は若干肩透かしを感じながらも、その日は屋内の中でも風通しの良い場所を選んで、葉を乾燥させるために干しカゴに並べておく。

その日にできることは、それだけだった。


そうして待ちに待った翌日。

一晩おいた古代の薬木の葉はパリッと乾燥していた。他の二つの素材は元々乾燥させた物を購入したから問題なし。

「よし！　これで調合できるわ！」

私は道具置き場から、乳鉢を取り出し、三つの素材を順番に粉状にすりつぶしていく。

「余計な熱が加わらないように、ゆっくり、丁寧にすりつぶして……」

マーカスの昨日の言葉を思い出して、一つ深呼吸をする。

そして、はやる気持ちを抑えて、慎重に、慎重に進めていった。

そうしてようやく、素材となる七色鼠《ねずみ》の肝、蛍兎《うさぎ》の心臓、古代の薬木の葉の三種の粉末ができ上がった。

「じゃあ、まずは七色鼠の肝と蛍兎の心臓を水に溶かし込んでいくのね」

本の製造方法を確認して、ビーカーと魔導式の加熱ランプ、三脚を用意する。

三脚の上にビーカーを載せて、その下にランプを設置する。ビーカーの中には、今回大事な役割を果たす魔石を入れておく。

次に、七色鼠の肝と蛍兎の心臓の粉末を、本に記載された割合どおりに上皿天秤《てんびん》で重さを量る。

その二種類の粉をビーカーの中に入れて、最後に別のビーカーで量った水を注いでいく。

「これで、準備はオッケーだわ」

本によれば、これは魔石を介して魔力をエネルギーに変換し、それぞれの物質を融合させて新しい物に作り変える術式なのだという。

今は、水の中に二種類の粉が溶けずに浮いている状態だ。

私はランプのスイッチを入れて加熱し始める。

右手で攪拌棒《かくはん》を持って液体を丁寧にかき回しながら、水の温度が上がっていくのを待つ。

やがて液体は沸騰し始める。

ここからが勝負だ。

私は空いた左手から魔力を魔石に向かって注いでいく。


……七色鼠の肝と蛍兎の心臓よ、水に溶けて……！

私はそう願いながら攪拌棒でビーカーの中身をかき混ぜる。すると、ぐつぐつと沸騰していたそれは、やがて魔女がかき混ぜる薬かのような、紫色の怪しい液体へと変わっていた。

「産業廃棄物ではないようだけれど……大丈夫かしら、これ」

手順どおりスイッチを止めたものの、でき上がった物は、思わずそう口に出してしまうような、紫色の怪しい色をしていた。しかも全部溶けきって、どろどろしている。

私は、不安になって鑑定を使う。

【再生のエキス】
分類：薬品のもと　品質：普通　レア：S
詳細：体の組織を再生させるための成分を含んだ物。
気持ち：ちょっと見た目がすごいけど、驚かないでね！

ふう。

どうやら、失敗はしていないらしい。まずは、欠損部分を再生させるもとになるエキスは完成したようだ。

「じゃあ、次は古代の薬木の葉からエキスを抽出しないとね」

私は軍手をはめて、完成した『再生のエキス』の入ったビーカーをひとまず脇にどけて置く。中に入った魔石はピンセットを使って取り出して脇に置いた。

そして、次の作業のための新しいビーカーを三脚の上に載せる。

そこに、指定量の古代の薬木の葉の粉末と水を入れる。

本によれば、今度はいつもの植物類から成分を抽出するのと同じように沸騰はさせないようだ。その手前の温度で、じっくりと成分を抽出していくらしい。じわじわと抽出されてくる成分も、葉っぱと同じ普通の緑色だ。

じっと鑑定の目で抽出度合いを確認しながら眺めていると、鑑定さんが『抽出完了！』と教えてくれた。

【回復促進エキス】
分類：薬品のもと　品質：高品質　レア：A
詳細：癒《いや》しの効果を高める成分を含んだ物。
気持ち：抽出完了！

「うん、ここまでは順調にできたわ！」

濾過《ろか》して葉の余分な繊維などを取り除いて、純粋な『回復促進エキス』を新しいビーカーに移し替えた。

次はこの二つのエキスを加熱しながら、よくかき混ぜればいいらしい。

私は、二つのビーカーを入れ替える。

そして、三脚の上の『再生のエキス』の入ったビーカーに、まだ温かい『回復促進エキス』を少しずつ注いでいく。もちろん、撹拌棒でまんべんなく混ぜ合わすことは忘れない。

紫色のどろりとした液体に、緑色の液体が渦を巻いて混ざっていく。

「……本当にこれでいいのかしら？」

ビーカーの中身の色合いはおどろおどろしく、思わずそう呟《つぶや》いてしまいたくなるような様相だ。

それでも、本の記述を信じて、『回復促進エキス』の全てを注ぎきる。

全部まんべんなくかき混ぜると、透明感があるものの暗い茶色で、どろりと粘性があるゲル状の物体ができ上がった。

「なんか、『エクスポーション』ってわりに、ポーションっぽくないのね……」

やはり私は出来に不安を覚える。あまりの見た目の悪さに、本当にできているのか訝《いぶか》しく思い、思わず眉間に皺《しわ》が寄ってしまう。

やっぱり不安で、私は鑑定を使ってみることにした。

【エクスポーション】
分類：薬品　品質：高品質　レア：S
詳細：後天的に欠損した体の部位を再生させる軟膏《なんこう》。先天性の欠陥には効果はない。
気持ち：久々に作ってもらったよ！

「うそ、できてる！　やったあ！」

私は思わず叫んだ。見た目はともかく、質には問題なかったらしい。

「でも、軟膏ってことは、欠損した部分に塗ればいいのかしら……？　当然飲み薬じゃないわよね。できたとなれば試したいけど……」

そうはいっても、私の周囲に身体欠損のある人はいない。鑑定こそ太鼓判を押してくれてはいるものの、試してみること、すなわち、治験ができないのだ。

身体欠損をするといえば、やはり、魔獣退治などに従事する騎士団や魔導師団の人達だろうか？　ああいう危険な任務をしていれば、その可能性だってあるはず。怪我《けが》が原因で退役する人もいるとお父様に昔聞いたことがあった気がした。

「お父様に相談してみましょう」

私はできた軟膏を、へらを使ってビーカーから平たいガラス容器に移し替えて蓋をした。

そうして、お父様に相談がある旨を手紙に書いて送ったのだった。

◆

「欠損部位を回復させるエクスポーションだって⁉　すごいことだよ、それは！」

面会の約束の日、実家に帰ってお父様に報告すると、お父様は目を見開いて叫んだ。

「あ、でも、まだ実際にそういう方に使って試したわけではないんです。もちろん、鑑定の結果ではできているようなんですけど……」

「いやいや、治験対象になりたいと言う者は、募ればいくらでもいるだろう。騎士団や魔導師団には、魔獣に手足を食われて……ああ、ごめん。女の子に言うようなことじゃないか……」

「いいえ、大丈夫です。お父様、続けて？」

「ああ。手足が切断されても、残っていればデイジーのハイポーションで結合することができる」

「そうですね」

「だけど、例えば魔獣に手足を食われてなくなってしまったり、繋《つな》ぐのが遅れて切断部位が腐ってしまったりした場合、その怪我はハイポーションでは治せないんだ。そうすると、欠損した部位によっては、事務官として従事したり、最悪退役したりするしかなくなるんだよ」

「そうなんですね……」

私は、お父様から生々しい軍の現実を知らされて、思わず俯《うつむ》いてしまう。すると、お父様はそんな私の手を取って、希望に満ちた瞳で私の瞳を覗《のぞ》き込《こ》んだ。

「退役して生活が不自由になった者は、家族に扶養されていたり、事務官として働いていたりする。だが、再生の望みが見えたんだ！　軍務卿に掛け合ってみる！　きっと、喜んで誰か希望者を推薦してくれるに違いない！」

そうして私はお父様に頼ってみることにした。

◆

数日後、私はお父様と共に王城へ招かれることとなった。

衛兵に部屋に案内され、二人で待っていると、陛下と宰相閣下、軍務卿と鑑定士のハインリヒ、そして一人の事務官らしき男性が入室してきた。

「久しぶりだね、デイジー。早速今回の集まった議題に入らせてもらうよ。失われた体の部位を再生させる、エクスポーションを完成させたと聞いたのだけれど、私とハインリヒに見せてもらえるかい？」

陛下の言葉に応えるように、私はバッグから持ってきたエクスポーションの入った平たい瓶を取り出して差し出す。

「はい、陛下。こちらです。ハインリヒさん、これを鑑定してみてください」

そう告げると、ハインリヒが陛下に目線を送る。陛下はそれを受け止めて一つ頷かれた。

「では、鑑定させていただきます」

「どうだ？」

「……素晴らしい。これはまさに、幻と言われていたエクスポーションであると、鑑定結果が出ております！」

すると、室内に「おお！」とどよめきの声が上がった。

「これがあれば、手足を失って退役した騎士達を回復できます。そして訓練次第では元の職に復帰させることも可能かもしれません！」

軍務卿が興奮気味に陛下に告げた。陛下は、軍務卿と顔を見合わせて頷き合う。

「ああ。そうなったら素晴らしい。……そうだデイジー、紹介が遅れていたね。彼は利き腕である右手を失った元騎士で、エドガーという」

そして陛下は、陛下達と共に入室してきた一人の事務官を手で指し示した。確かによくよく見てみれば、彼の右手側の袖は途中から不自然にだらりと垂れ下がり、在るはずの手が袖口から出ていない。

「エドガーと申します。このように、私は職務の最中に魔獣に襲われ、右腕の肘から下を失いました。今回私は、軍務卿から回復の可能性のある薬剤が開発されたと聞き、ぜひにと治験に志願させていただいたのです」

そう言いながら彼は軍服のジャケットを脱ぎ、右側のシャツをまくる。すると、確かに彼の言うとおり肘から下がなかった。切断面は、皮膚が覆い、丸く途切れている。

「私が初めての治験者でも構いません。デイジー嬢のご高名は以前から聞き及んでおります。貴女《あなた》を信じましょう。ぜひ、私の腕を治験にお使いください。いえ、私に薬を使わせてください！」

そう申し出てくれるエドガーの瞳には、初めての治験であることに対する恐れよりも、むしろ期待や希望といったものに満ちていた。

「デイジー」

陛下が、私を後押しするように、私の名を呼ぶ。

「わかりました。では、ありがたく、試させていただきます」

私は、ハインリヒからエクスポーションの瓶を受け取ると、蓋を開け、中の軟膏状のエクスポーションを手ですくい取る。

「失礼します」

私は一言声をかけてから、空いた手で彼の肘に手を掛け、持ち上げる。そして、エクスポーションを丁寧に擦り込むようにして塗った。

室内にいる全員の視線が、彼の肘に集まる。

すると、肘の先端の皮膚が溶けるようにしてふやけ始めた。そして、そこから、少しずつ、少しずつ、筋肉や脂肪、肉や骨、血管や神経といった体を構成する部位が生えてきて、複雑に絡んで構成し合い、皮膚で覆い、徐々に腕を形作っていく。

一見すると、なかなかグロテスクな光景だ。

「なくなった私の腕が再生していく……？」

その変化を体験しているエドガーは、驚きの声を上げて自分の腕を掲げて見上げる。

「痛みはありませんか？」

「はい。全く……」

腕の組成物と思われるもの達は、絡み合い、結合し、皮膚に包まれるごとに、腕の長さを伸ばしていく。

そうして皆が見守る中、最後には、手の指の一本一本、爪に至るまで、左手と同じように再生していた。

「なくなった私の手が……！」

エドガーは、感嘆の声を上げて、恐る恐る肘を曲げ、そして、できたばかりの手の指を曲げてみる。

「まだぎこちないですが……動きます！　私の右手が帰ってきました！」

「「「素晴らしい！」」」

陛下と宰相閣下、軍務卿が賞賛の声を上げた。

「デイジー！　驚いたよ。君はすごい物を作り上げたね」

お父様も、私のことを手放しに褒めてくれた。

「陛下！　ぜひこれを軍で購入させていただきたい！　今までに負傷して退役していった者達にこのことを知らせ、回復させ、本人が希望するならば復帰させてやりたいのです！」

軍務卿の言葉に、陛下も宰相閣下もお二人共頷かれた。

「そうだな。軍に追加でこのエクスポーションを購入するための追加予算をつけよう。宰相、この場にいない財務卿にはそなたから話をつけておくように」

「承知いたしました」

陛下のお言葉に、宰相閣下が頭を下げて答えた。

「デイジー。これは今そなたの手元にどれくらいあるのだ？」

「今使った物を含めて十個です」

「今後も必要に応じて発注したいと言ったら、対応は可能か？」

私は首を横に振って答える。

「七色鼠《ねずみ》の肝と蛍兎《うさぎ》の心臓という素材が私の手元にもうありません。ですから、それらがないと追加で作ることは叶《かな》いません」

「なるほど」

そう呟《つぶや》くと、陛下は腕を組んで思案げにする。

「冒険者ギルドにクエストを発注するか、軍で狩るか……」

そう言って、首を捻《ひね》っている。

「軍務卿、今、軍の要員はどうなっている？」

悩んでおられる陛下をお助けする形で、宰相閣下が軍務卿に尋ねかけた。

「はっ。今は魔獣討伐依頼も少なく、待機中の者もおります」

「ならば、安定して必要数を入手できるよう、軍を派遣して『七色鼠』と『蛍兎』を狩らせた方が確実そうだな」

陛下が決定を下された。

「デイジー。今決めたとおり、軍で必要な素材は集めさせ、必要な部位の加工まで済ませて提供しよう。そうしたら、追加で作ってもらえないだろうか」

「承知しました」

こうして、私が作ったエクスポーションは、体の一部を欠損したために軍を退役した人達を救うことになったのだった。


ところが、この話はこれで終わりにはならなかった。

私はしばらくしてから再び王城に呼ばれることになったのだ。

案内された部屋に入ってみると、そこには陛下と宰相閣下と共に、枢機卿猊下《すうききょうげいか》が座っていらっしゃった。

「久しぶりですね、デイジー嬢」

にこりと笑って、枢機卿猊下から挨拶をされる。

「お久しぶりです」

私はカーテシーをして応えた。

「デイジーも座って」

陛下が、空いた椅子を指し示して促してくれたので、私は一礼をしてから腰を下ろした。

「今日はどういったご用件で？」

軍に納めたエクスポーションについては、支障があったなどという連絡は受けていない。しかも、なぜ今度は軍務卿ではなく枢機卿猊下がいらっしゃるのかが、私には不思議だった。

「君がエクスポーションを作り、軍に納めていると聞きましてね。教会もそれを買い入れたいと思ったのですよ」

「教会も……ですか？」

枢機卿猊下が答えてくれた言葉に、私は不思議に思って首を捻った。

「そう。軍籍に身を置いていない貴族や一般の民にも、例えば狩りで失敗したとか、職人が工具で怪我をしたとか、馬車でひかれたとかで、手足を失った者がいるのです」

「そう、なんですね……」

「そういった者は、当然以前のように働けない。貴族なら身内に頼れるだろうが、そうでなければ教会の炊き出しなどに頼り、非常に貧しい生活をしております。それが元で子供を養えずに孤児院に子を預けている者もいる」

「……そういう民をお救いになりたいということでしょうか？」

「ええ、そうなんですよ」

私の問いに、優しく微笑《ほほえ》んで枢機卿猊下はゆっくりと頷《うなず》いた。

すると、次に私に向かって陛下が口を開かれた。

「それとね、デイジー。枢機卿猊下はそういった困窮した民を憂い、申し出ているのだけれど、これは国のためにもなるのだよ」

「国のためですか？」

「ああ。そうやって困窮した民を救えば、彼らはいろんな職に就けるようになる。彼らも生活を安定させることができ、国は彼らから税金を納めてもらえるようになる。困窮故の犯罪も減り、街の治安も良くなるんだ。貧しさ故に孤児院に預けられた子だって、家に帰れるようになるだろう」

「それは、素晴らしいですね！」

「「そうだろう」」

陛下と枢機卿猊下が、揃《そろ》って頷いた。

「ところでその場合、エクスポーションの代金ってどうなるんでしょうか？　貧しい人には厳しいんじゃ……」

失伝していた幻とも言われていた薬剤だ。素材自体だって安いものではない。値をつけたらかなり高価な物になる。貧しい人にまで行き渡るのだろうかと心配になって、私はその疑問を口にした。

「そこは大丈夫ですよ、デイジー嬢。教会での治療は基本、お布施で返すもの。金額は決まっていないのです。ですから、貧しい者は貧しいなりに可能な金額で。中には働けるようになってから少しずつ払う者もいます。そして、富める貴族などは、家格と照らし合わせて恥にならない金額をお布施として払っていただきます。そうしてバランスを取る。そして教会からみんなに行き渡るのです。安心して大丈夫ですよ」

私はそれを聞いて胸をなで下ろした。

「素材の二つは、以前のように軍で請け合おう。だから、生産量を増やして、教会にも納めて欲しいんだ」

「承知しました」

陛下のお言葉に私は即答した。

こうして私は、この素晴らしい申し出を受けることにしたのだった。

◆

そうしてしばらくはマーカスにも手伝ってもらいながら、エクスポーションの生産にいっぱいいいっぱいになっていたけれど、四肢欠損の患者なんてそうたくさんはいない。

やがて依頼数をこなしてしまうと、ふと孤児院の様子が気になってきた。枢機卿猊下の話で貧しい人達の話題に触れたのも、思い出すきっかけになったのかもしれない。

「随分前に、定期的に食料の寄付は行えるように手配したけれど、あの子達は元気にしているかしら？」

心配になって私はぽつりと呟く。

そういえばあのときは冬だったから、衣料品の寄付は冬物中心だった。夏物の衣料は足りているのだろうか？

「ねえ、マーカス」

「はい、デイジー様」

「久しぶりに、孤児院の様子を見に行きたいのよ。子供達が元気にしているか気になるの。いいかしら？」

「ええ。客足も落ち着いていますし、特に問題はないかと」

「ありがとう。じゃあ、私は出かけてくるわね。リーフ、お供をお願い」

そうして私は孤児院に出かけていったのだった。


「あらまあ、デイジー様！　お久しぶりです。いつもご寄付をありがとうございます」

孤児院を訪れると、見知った顔のシスターが嬉《うれ》しそうに出迎えてくれた。

「子供達は元気にしているかしら？」

「はい。ぜひ顔を見ていってあげてください」

そう言うと、シスターは子供達のいる部屋の扉を開けた。

子供達は、絵本を読んだり、追いかけっこをしたり、勉強したり。思い思いに過ごしている。

「あら、絵本ですか？　それに、着ている物もあまり傷んでいないみたいで間に合っていそう……」

本は贅沢《ぜいたく》品だ。教会に絵本があることに驚いたし、そもそも心配していた衣料の問題もなさそうなことに私は驚いた。

「はい。なんでも、新しい薬剤を教会で施すことを始めたそうで。その結果、ある貴族のご子息が再び就業できるようになったというのです。それをご家族の方がたいそうお喜びになって、多額のお布施をしてくださったんです。そのお金で、あれらを子供達に買ってあげることができたんですよ」

私はその言葉を聞いて、ふとその薬剤のことを思い出す。

「……それはもしかして、エクスポーションかしら？」

私は恐る恐る尋ねた。

「はい！　そんな名前でした！　そうそう。うちで面倒を見ていた子の中にも、その薬のおかげで親御さんが働けるようになったとかで、家に引き取られていった子もいるんですよ！」

その言葉を聞いて、私は自然と口角が上がるのを感じた。

私が作った物が、この子達の幸せに繋《つな》がっている。

「じゃあ、何か今不便をしている物とかは……」

「お心遣いありがとうございます。ですが、今は大丈夫ですよ、デイジー様」

その言葉に、私はとても嬉《うれ》しくなった。

「みんなが元気そうで安心しました。また、折を見て来させていただきますね」

「はい、もちろん」

私はシスターに挨拶をした。

そして私は、幸せな気持ちで孤児院をあとにした。


……嬉しい。


エクスポーションは、本人だけでなく、その人の家族といった周りの人まで幸せにしてくれる。

私は帰りながら、晴れた青空を見上げる。空は遠く遠く澄んで、雲一つの陰りもなかった。


……もっともっと、錬金術でみんなを幸せにしたい。

私は空を見上げてそう願う。

「私も、もっと頑張らなきゃね！」

私は決意を口にした。
そして、リーフと共に王都の外れにあるアトリエに帰るのだった。

あとがき

『王都の外れの錬金術師』六巻を手に取っていただいてありがとうございます。この巻をお手に取っていただいたということは、シリーズ全巻お手に取っていただけているのでしょうか？　そうだとしたらとても嬉《うれ》しいです。

　みなさまの温かい応援のおかげで、このシリーズは書籍で完結できました。本当に感謝と喜び、そして驚きでいっぱいです。ありがとうございます。


　六巻では、デイジーの苦悶《くもん》のシーンが長く、読者様にはハラハラ、やきもきさせてしまったかもしれません。

　けれど、デイジーは身体だけでなく、錬金術師として心も成長し、錬金術に関して相反する信条を持つゲルズズと対峙《たいじ》し、見事に打ち勝ちます。

　これまで彼女の成長を温かく見守ってくださり、ありがとうございました。

　ちなみに、この物語ではモデルにした幾人かの錬金術師がいます。

　まず一人目は、西洋白磁で有名なマイセンを製造した、ヨハン・フリードリッヒ・ベドガーです。彼は、当時中国でしか生産されていなかった白磁をヨーロッパで製造するため、アウグスト2世に幽閉されました。ゲルズズがパトロンと言いつつ実は幽閉された、といったエピソードは、そこから思いついたものです。

それにしても、あの有名なマイセンが、実は『錬金術師』の手によって生み出されたというエピソード、意外じゃないですか？

そして錬金術師として有名なパラケルススのエピソードは、本シリーズの様々な部分にちりばめています。

デイジーの持つアゾットロッドは、パラケルスス所有のアゾット剣がその由来です。

そして、彼の名前の後半のケルススの音を濁らせて、『ゲルズズ』としました。パラケルススが、アヘンチンキといった医薬品や、賢者の石の生成に熱心だったことから、その名の元にしています。

また、脱線しますが、物理学の万有引力で有名なアイザック・ニュートンも、その遺髪から水銀が検出されたことで、錬金術の研究を行っていたと言われています。

ファンタジー小説の中では、魔法として扱われがちな錬金術ですが、実は私達の生活の身近なところにその恩恵があったりします。この作品をきっかけに、興味を持っていただけると嬉《うれ》しいです。

そうそう。六巻で出てくるセントジョーンズワートですが、実際は『聖ヨハネの薬草』と言われています。ですが、『聖ヨハネ』はデイジーの世界にはいないため、本文中の記載にしてありますので、誤って覚えないでくださいね。

そして、コミカライズについて。現在コミック三巻まで発売中ですが、これらを含め、シリーズ全体で合計二十万部を超えることができました。

これは、作画ご担当のあさなや先生を始め、このシリーズを応援してくださるみなさま、編集部の方々など、支えてくださる多くのみなさまのおかげだと思っております。三巻の終わりでアトリエも開店し、これからデイジーの活躍の場も広がります。これからも応援よろしくお願いします。


以降は謝辞になります。

カドカワＢＯＯＫＳの編集部を中心としたみなさまには、いつも感謝の念でいっぱいです。実は当初、ＷＥＢ既存分では書籍一冊とするには全く文字数が足りませんでした。そういうわけで、私が途方に暮れていたときに、加筆部分についてのご提案、アドバイスをいただきました。とても救われました。ありがとうございます。

そして、イラストの純粋先生。

六巻では、表紙の明るいアトリエ風景に目を奪われました。

そしてなにより、完結するこの六巻まで長い間素敵なイラストでこのシリーズを飾ってくださって、ありがとうございました。


最後に。

書き切れないほどのたくさんの方々のご尽力でこのシリーズを世に出すことができ、そして、完結させられたのだと思います。一巻から始め、このシリーズに関わってくださった全ての方に感謝いたします。本当にありがとうございました。

カドカワBOOKS

王都《おうと》の外《はず》れの錬金術師《れんきんじゅつし》6
～ハズレ職業《しょくぎょう》だったので、のんびりお店経営《みせけいえい》します～

2023年3月10日　初版発行

著者／yocco

発行者／山下直久

発行／株式会社KADOKAWA

〒102-8177
東京都千代田区富士見2-13-3
電話／0570-002-301（ナビダイヤル）

編集／カドカワBOOKS編集部

印刷所／暁印刷

製本所／本間製本

●お問い合わせ
https://www.kadokawa.co.jp/（「お問い合わせ」へお進みください）
※内容によっては、お答えできない場合があります。
※サポートは日本国内のみとさせていただきます。
※Japanese text only

Printed in Japan
ISBN 978-4-04-074789-7 C0093

新文芸宣言

かつて「知」と「美」は特権階級の所有物でした。

15世紀、グーテンベルクが発明した活版印刷技術は、特権階級から「知」と「美」を解放し、ルネサンスや宗教改革を導きました。市民革命や産業革命も、大衆に「知」と「美」が広まらなければ起こりえませんでした。人間は、本を読むことにより、自由と平等を獲得していったのです。

21世紀、インターネット技術により、第二の「知」と「美」の解放が起こりました。一部の選ばれた才能を持つ者だけが文章や絵、映像を発表できる時代は終わり、誰もがネット上で自己表現を出来る時代がやってきました。

UGC（ユーザージェネレイテッドコンテンツ）の波は、今世界を席巻しています。UGCから生まれた小説は、一般大衆からの批評を取り込みながら内容を充実させて行きます。受け手と送り手の情報の交換によって、UGCは量的な評価を獲得し、爆発的にその数を増やしているのです。

こうしたUGCから生まれた小説群を、私たちは「新文芸」と名付けました。

新文芸は、インターネットによる新しい「知」と「美」の形です。

2015年10月10日

井上伸一郎